商周國學叢刊

宋詞三百首

編輯人語

詩歌是中國文學中最早成形的表現形式，《詩經》以四言句式為主，有著反復、重疊的章法，《楚辭》帶有濃厚地方色彩，更趨向散文。漢魏六朝的五、七言樂府詩是近體詩的先驅，到了唐代，詩進入黃金時期。

於此同時，走「倚聲填詞」途徑發展的詞創作，開始興盛於民間，至於宋代，更成為一代文學。詞的題材雅俗並重，除了可歌可唱之外，更能「言詩之所不能言」。有人形容，詞是詩的窯變。宋詞之美，在於它情思細膩，境界朦朧。倘若說詩的境界雄渾開闊，詞的特色在於能夠言長，適合抒情，貼近生活。宋詞所抒發的情感，經常是如泣如訴的哀怨和淒美，詞人見景生情、借景抒情，舉凡夕陽、落花、煙草、游絮、殘月、微風、寒蟬、孤雁……透過景物加以烘托感情，更顯得詞充滿了感傷。

早期的詞常被視為「豔科」，以豔情之事作為恆久題材。但到了蘇軾，一舉突破障壁。蘇詞包羅萬象，懷古傷今、悼亡送別、說理言志……可說達到「無意不可入，無事不可言」的境界。且蘇軾胸襟寬廣，更顯得詞能夠以小見大。

北宋因金兵南侵而破國，南宋時期的政治氛圍，不思收復國土，安於逸樂，致使許多心懷報國之志的文人以詞作抒發愛國情懷，例如壯懷激烈的岳飛、天寬地闊的辛棄疾、激昂慷慨的劉克莊等等，一舉突破了傳統詞作的格局，到了宋末，面對亡國命運的詞人們，更透過詞抒寫民族志節，或表達亡國之思的悲痛。

按《全宋詞》來計算，兩宋詞人約有一千三百多家，內容將近兩萬首。宋詞的歷代選本極多，其中以清末詞學大家朱祖謀的《宋詞三百首》最為膾炙人口。雖然號稱「三百」，但根據計算，全書收錄詞人七十九家，詞作為二百八十三首，未達三百之數。然選錄內容豐富，並重兩宋，兼收大家小家之作，選詞標準嚴謹，因此深受推崇。

朱氏選詞，強調「渾成」，凡涉及「小慧側豔」者皆不錄，但也因此產生爭議，例如被視為古今絕唱的蘇軾〈念奴嬌〉（大江東去），本書竟未錄入。然而深究朱氏的選詞態度，可以看出他不選過於豪放、情感直露之作，更強調詞作必須音律嚴謹。著名詞學家陳匪石曾評價《宋詞三百首》：「……此固朱氏一家之言，然實前此選詞者所未有也。蓋詞之總集，前此已多。朱氏有作，絕不肯蹈襲故常。而以自身所致力者，示人以矩範。且見若干家中，皆有類此之境界。或以為在選政中，實為別墨，然不能不認為超元，在宋、清各總集之外，獨開生面也。」可見朱氏選詞之分量。

本書編排，兼採眾家之長，以朱氏選詞為本，參考民初學者俞平伯所編《唐宋詞選釋》、詞學大師龍榆生《唐宋名家詞選》、《唐宋詞格律》與唐圭璋先生箋注的《宋詞三百首箋注》、《全宋詞》等書，針對書中典故、生僻字做精簡解釋，並輔以音釋，便於讀者理解與閱讀。此外針對詞人或詞作，摘選歷代各家值得參考的評價或箋釋，以利讀者更能深入體會與感受。然編輯時雖竭盡所能，但或有不盡周詳之處，尚祈不吝指正。

陳名珉（商周出版編輯）

書序

詞學極盛於兩宋，讀宋人詞當於體格、神致間求之，而體格尤重於神致。以渾成之一境為學人必赴之程境，更有進於渾成者，要非可躐而至，此關係學力者也。神致由性靈出，既體格之至美，積發而為清暉芳氣而不可能掩者也。近世以小慧側豔為詞，致斯道為之不尊；往往塗抹半生，未窺宋賢門徑，何論堂奧！未聞有人焉，以神明與古會，而抉擇其至精，為來學周行之示也。彊邨先生嘗選《宋詞三百首》，為小阮逸馨誦習之資；大要求之體格、神致，以渾成為主旨。夫渾成未遽詣極也，能循塗守轍於三百首之中，必能取精用閎於三百首之外，益神明變化於詞外求之，則夫體格、神致間尤有無形之訢合，自然之妙造，即更進於渾成，要亦未為止境。夫無止境之學，可不有以端其始基乎？則彊邨茲選，倚聲者宜人置一編矣。

中元甲子燕九日

臨桂況周頤

目錄

張先

晏殊

柳永

王安石

王安國

晏幾道

蘇軾

晁補之

舒亶

朱服

毛滂

陳克

賀鑄

張元幹

葉夢德

汪藻

劉一止

韓瞖

李邴

陳與義

蔡伸

周紫芝

李甲

姜夔

劉辰翁

周密

蔣捷

張炎

王沂孫

宋詞三百首

徽宗皇帝

名趙佶，為宋神宗第十一子，生於元豐五年（西元一〇八二年）。建元建中靖國、崇寧、大觀、政和、重和、宣和，在位二十五年。後內禪皇太子，尊帝為教主道君皇帝。靖康二年，金軍攻破汴京，徽宗與其子欽宗遭禁人所擄，紹興五年（西元一一三五年），崩於五國城（今吉林寧安縣附近），年五十四歲，廟號徽宗。徽宗皇帝平生於詩文書畫之外，尤工長短句。《彊村叢書》中輯有《徽宗詞》一卷。

宴山亭[1] 北行見杏花

裁剪冰綃[2]，輕疊數重，淡著燕脂勻注。新樣靚妝[3]，豔溢香融，羞殺蕊珠[4]宮女。易得凋零，更多少、無情風雨。愁苦，問院落淒涼，幾番春暮？　憑寄離恨重重，者[5]雙燕何曾，會人言語？天遙地遠，萬水千山，知他故宮何處？怎不思量？除夢裡、有時曾去。無據，和夢也、新來不做。

【注釋】

1. 宴山亭：一名〈燕山亭〉。此詞為宋徽宗靖康二年所作，此時金軍破汴京，徽欽二帝受俘北上，因此詞題為〈北行見杏花〉。燕山，山名，在河北薊縣，徽宗過燕山，寫下此詞，詞調或自創。清代詞學家萬樹於《詞律》中曾言：「此調本名《燕山亭》，恐是燕國之燕，《辭彙》刻作《宴山亭》，非也。」

2. 冰綃：綃似縑而疏者。冰綃乃形容潔白之縑。王勃〈七夕賦〉：「引鴛杼兮割冰綃。」

3. 靚妝：以粉黛作妝飾。司馬相如〈上林賦〉：「靚妝刻飾。」

4. 蕊珠：道家形容天上宮闕為蕊珠貝闕。《十洲記》：「玉晨大道君治蕊珠貝闕。」

5. 者：同「這」。

錢惟演

字希聖，吳越忠懿王錢俶之子，建隆三年（西元九六二年）生。少補牙門將，後歸宋，召試，改任文職，為太僕少卿，累遷至翰林學士樞密使，罷為鎮國軍節度觀察留後，改保大軍節度使，知河陽。入朝，加同中書門下平章事。宋仁宗即位，太后劉娥垂簾，錢為劉娥之親戚，亦為仁宗郭皇后之姻親，頗受劉太后寵信。仁宗親政後，與郭后生有嫌隙，廢后入道，改賜金庭教主、沖靜元師。錢被貶為崇信軍節度使出鎮，景祐元年（西元一〇三四年）卒。謚思，改謚文僖。

木蘭花[1]

城上風光鶯語亂，城下煙波春拍岸。綠楊芳草幾時休，淚眼愁腸先已斷。

情懷漸覺成衰晚，鸞鏡[2]朱顏驚暗換，昔年多病厭芳尊[3]，今日芳尊惟恐淺。

【注釋】

1. 木蘭花：唐教坊曲名，亦名〈木蘭春令〉、〈玉樓春〉、〈春曉曲〉、〈惜春容〉。《詞譜》：「按《花間集》載，〈木蘭花〉、〈玉樓春〉兩調，其七字八句者，為〈玉樓春〉體，〈木蘭花〉則韋詞、毛詞、魏詞共三體，從無與〈玉樓春〉同者，自《尊前集》誤刻以後，宋詞相沿，率多混填。」

2. 鸞鏡：晉罽賓王獲一鸞鳥，不鳴，後懸鏡映之乃鳴，事見《藝文類聚》引范泰〈鸞鳥詩序〉。後世稱鏡為鸞鏡。

3. 芳尊：尊同「樽」，指酒杯。

范仲淹

字希文。其先邠人，後徙吳縣。范仲淹生於宋端拱二年（西元九八九年），大中祥符八年（西元一〇一五年）進士。仕至樞密副使，參知政事，以資政殿學士為陝西四路宣撫使。知邠州，徙鄧州、荊南、杭州、青州。皇祐四年（西元一〇五二年）卒，年六十四歲。贈兵部尚書、楚國公，諡文正。近《彊村叢書》中輯有《范文正公詩餘》一卷。

蘇幕遮[1]

碧雲天，黃葉地，秋色連波，波上寒煙翠。山映斜陽天接水。芳草無情，更在斜陽外[2]。

黯[3]鄉魂，追旅思[4]，夜夜除非，好夢留人睡。明月樓高休獨倚。酒入愁腸，化作相思淚[5]。

【注釋】

1. 蘇幕遮：《詞譜》：「〈蘇幕遮〉，唐教坊曲名。按《唐書·宋務觀傳》：『比見都邑坊市，相率為渾脫隊，駿馬戎服，名「蘇幙遮」。』又按，《張說集》有〈蘇幕遮〉七言絕句，宋詞蓋因舊曲名，另度新聲也。周邦彥詞，有「鬢雲鬆」句，更名〈鬢雲鬆令〉。」《歷代詩餘》：「〈蘇幕遮〉一名〈雲鬢鬆〉。蘇幕遮，本西域婦女飾。唐呂元濟言渾脫駿馬胡服，名曰蘇莫遮。張說有〈蘇幕遮〉詩云是海西歌舞，蓋本其國舞人之飾，後隸教坊，因以名詞調也。」《續通志》：「此調為唐樂署貢奉曲，萬宇清舊名〈蘇幕遮〉，屬太簇宮，俗名〈池阤調〉。」

2. 外：《湘綺樓詞選》：「外字，嘲者以為江西腔，令江西人支、佳卻分，且范是吳人，吳亦分寘、泰也，正是宋朝京語耳。」

3. 黯：黯然失色的樣子。

4. 追旅思：追，促迫之意。旅思，即旅遊在外，作客他鄉的心情。

5. 酒入愁腸，化作相思淚：《詞綜偶評》：「鐵石心腸人，亦作此消魂語。」

御街行[1]

紛紛墜葉飄香砌[2]，夜寂靜，寒聲碎。真珠簾捲玉樓空，天淡銀河垂地。年年今夜，月華如練[3]，長是人千里。

愁腸已斷無由醉，酒未到，先成淚。殘燈明滅枕頭欹[4]，諳[5]盡孤眠滋味。都來此事，眉間心上，無計相迴避。

【注釋】

1. 御街行：又名〈孤雁兒〉。《御製詞譜》：「柳永《樂章集》注：『夾鐘宮。』《古今詞話》無名氏詞，有『聽孤雁聲嘹唳』句，更名〈孤雁兒〉。雙調七十六字，前後段各七句，四仄韻。此詞前後段第二句，校柳詞添一字，俱作六字折腰句法。按程垓詞『向客裡、方知道』、『忍雙鬢、隨花老』，又一首『記當日、香心透』、『問何時、春山鬥』。楊无咎詞『惟只愛、梅花發』、『最嫌把、鉛華拭』，辛棄疾詞『供望眼、朝與暮』、『更旖旎、真香聚』，趙長卿詞『正宮漏、沉沉夜』、『趲行色、難留也』，李清照詞『說不盡、無佳思』，『又催下、千行淚』，皆與此同，但平仄小異耳，譜內即據之，餘悉與柳詞同。」《東京夢華錄》：「御街，自宣德樓一直南去，約闊二百餘步，兩邊乃御廊，廊下朱杈子裡有磚石甃瓦砌御溝水兩道，盡植蓮荷，近岸植桃李梨杏，雜花香間，春夏望之如繡。」
2. 香砌：砌，階梯。因為階上擺設盆花，故稱香砌。
3. 練：素色的絲綢。
4. 欹：音同「妻」，傾斜的意思。
5. 諳：熟習。

張先

字子野，湖州人（今浙江湖州）。宋淳化元年（西元九九〇年）生，天聖八年進士。嘗知吳江縣，仕至都官郎中。張先於詞壇與柳永齊名。清代詞家陳廷焯《白雨齋詞話》中評價張先詞作：「張子野詞，古今一大轉移也。前此則為晏、歐，為溫、韋，體段雖具，聲色未開；後此則為秦、柳，為蘇、辛，為美成、白石，發揚蹈厲，氣局一新，而古意漸失。子野適得其中，有含蓄處，亦有發越處，但含蓄不似溫、韋，發越亦不似豪蘇、膩柳。規模雖隘，氣格卻近古。」有《子野詞》一卷，見粟香室覆刻名家詞刊本；又二卷，補遺二卷，見《知不足齋叢書》本及《彊村叢書》本。

千秋歲[1]

數聲鶗鴂[2]，又報芳菲歇。惜春更選殘紅折，雨輕風色暴，梅子青時節。永豐柳[3]，無人盡日飛花雪。　莫把幺絃[4]撥。怨極絃能說。天不老，情難絕，心似雙絲網，中有千千結。夜過也，東窗未白孤燈滅。

【注釋】

1. 千秋歲：又名〈千秋節〉，唐朝教坊大曲中有〈千秋樂〉調，宋人根據舊曲另製新調。
2. 鶗鴂：鶗，音同「題」；鴂，音同「決」。鳥名。〈離騷〉：「恐鶗鴂之先鳴兮，使夫百草為之不芳。」

3. 永豐柳：洛陽坊名。白居易〈楊柳之〉詩有云：「永豐西角荒園裡，盡日無人屬阿誰。」

4. 幺絃：幺，音同「腰」。指孤絃。

菩薩蠻[1]

哀箏一弄〈湘江曲〉，聲聲寫盡湘波綠。纖指十三絃[2]，細將幽恨傳。當筵秋水[3]慢，玉柱斜飛雁[4]。彈到斷腸時。春山眉黛低。

【注釋】

1. 菩薩蠻：又名〈一籮金〉、〈子夜〉、〈子夜啼〉、〈子夜歌〉、〈女王曲〉、〈江西造〉、〈巫山一片雲〉、〈花間意〉、〈花溪碧〉、〈西川曉行〉、〈飛仙曲〉、〈城裡鐘〉、〈梅花句〉、〈重疊金〉、〈晚雲烘日〉、〈菩薩鬘〉、〈菩薩蠻令〉、〈聯環結〉、〈婆羅門引〉等等。《詞譜》：「〈菩薩蠻〉唐教坊曲名。《宋史．樂志》：『女弟子舞隊名。』《尊前集》注中呂宮，《宋史．樂志》亦中呂宮。《正音譜》注正宮。唐蘇鄂《杜陽雜編》云：『大中初，女蠻國入貢，危髻金冠，纓絡被體，號菩薩蠻隊。當時倡優遂製〈菩薩蠻〉曲，文士亦往往聲其詞。』孫光憲《北夢瑣言》云：『唐宣宗愛唱〈菩薩蠻〉詞，令狐綯命溫庭筠新撰進之。』《碧雞漫志》云：『今《花間集》溫詞十四首是也。』按，溫詞有『小山重疊金明滅』句，名〈重疊金〉。南唐李煜詞名〈子夜歌〉，一名〈菩薩鬘〉。韓淲詞有『新聲休寫花間意』句，名〈花間意〉；又有『風前覓得梅花』句，名〈梅花句〉；有『山城望斷花溪碧』句，名〈花溪碧〉；有『晚雲烘日南枝北』句，名〈晚雲烘日〉。」

2. 十三絃：箏有十三絃，十二月擬十二月，其一擬閏。

3. 秋水：形容眼波如秋水一般。白居易〈詠箏〉詩：「雙眸翦秋水，十指剝春蔥。」

4. 玉柱斜飛雁：形容箏柱斜列，如同雁飛。

醉垂鞭[1]

雙蝶繡羅裙，東池宴初相見。朱粉不深勻，閒花淡淡春。　細看諸處好，人人道，柳腰身。昨日亂山昏，來時衣上雲。

【注釋】

1. 醉垂鞭：《詞譜》：「雙調四十二字，前後段各五句，三平韻、兩仄韻。此詞凡三用韻，兩仄韻即間押於平韻之內，以平韻為主，亦花間體也。張詞三首並同。按，張詞別首，前段第一句『雙蝶繡羅裙』，雙字平聲；第四句『朱粉不深勻』，朱字平聲；第五句『閒花淡淡春』，閒字平聲，淡字仄聲；後段第一句『細看諸處好』，細字仄聲。譜內可平可仄據此。」

一叢花[1]

傷高懷遠幾時窮？無物似情濃。離愁正引千絲亂，更東陌、飛絮濛濛。嘶騎[2]漸遙，征塵不斷，何處認郎蹤？　雙鴛池沼水溶溶，南北小橈[3]通。梯橫畫閣黃昏後，又還是、斜月簾櫳。沉恨細思，不如桃杏，猶解嫁東風。

【注釋】

1. 一叢花：《詞譜》：「調見《東坡詞》，有歐陽修、晁補之、秦觀、程垓詞校。」《過庭錄》：「張先子野郎中〈一叢花〉……一時盛傳，歐陽永叔尤愛之，恨未識其人。子野家南地，以故至都，謁永叔，閽者以通。永叔倒屣之曰：『此乃桃李東風郎中。』」
2. 騎：音同「季」，此作名詞，指馬匹。
3. 橈：音同「撓」，楫也。

天仙子[1]

時為嘉禾小倅[2]，以病眠不赴府會

〈水調〉[3]數聲持酒聽，午醉醒來愁未醒。送春春去幾時回？臨晚鏡，傷流景[4]，往事後期空記省。　沙上並禽池上暝，雲破月來花弄影[5]。重重簾幕密遮燈，風不定，人初靜，明日落紅應滿徑。

【注釋】

1. 天仙子：《詞譜》：「唐教坊曲名。按段安節《樂府雜錄》：『〈天仙子〉，本名〈萬斯年〉，李德裕進，屬龜茲部舞曲。因皇甫松詞有「懊惱天仙應有以」句，取以為名。』」
2. 嘉禾小倅：嘉禾，今浙江嘉興。張先於宋仁宗慶曆元年，在嘉禾任判官，時年五十二歲。
3. 水調：曲調名，《隋唐嘉話》：「煬帝鑿汴河，自製〈水調歌〉。」
4. 流景：流年。杜牧：「自傷臨晚境，誰與昔流年。」
5. 雲破月來花弄影：張先得句於此，並自建花月亭。《後山詩話》：「尚書郎張先善著詞，有云：『雲破月來花弄影』、『簾壓捲花影』、『墮飛絮無影』，世稱誦之，謂之『張三影』。」《後山詩話》又云：「陳師道引荊公語云：『尚書郎張先善著詞，有云：「雲破月來花弄影」，不如李冠「朦朧淡月雲來去」也』。」

青門引[1]

乍暖還輕冷，風雨晚來方定。庭軒寂寞近清明[2]，殘花中酒[3]，又是去年病。

樓頭畫角[4]風吹醒，入夜重門靜。那堪更被明月，隔牆送過鞦韆影。

【注釋】

1. 青門引：《填詞名解》：「《三府黃圖》云：『長安城東出南頭第一門，門色青。』〈蕭相國世家〉云：『召平種瓜長安城東。』而阮籍詩『昔聞東陵侯，種瓜青門外』語亦可證，詞取以名。」

2. 清明：中國傳統二十四節氣之一，通常國曆四月五日或六日為清明。

3. 中酒：著酒。《漢書・樊噲傳》：「項羽既饗軍士，中酒。」

4. 畫角：在此指軍樂。畫角原是樂器，傳自西羌，形狀如牛羊角一般，以竹木或皮革、銅等物所製，表面外加彩繪，故稱畫角。因吹奏時發出嗚嗚之聲，古時軍中用以警戒、傳令、指揮，也經常用於帝王出巡的前導。

晏殊

字同叔，臨川人，出生於淳化二年（西元九九一年）。神童，七歲能屬文，景德二年（西元一〇〇五年），以神童召試，賜進士出身，累擢知制誥翰林學士。慶曆年間，拜集賢殿大學士、同中書門下平章事，兼樞密院使，出知永興軍，徙河南，後以疾歸京師，留侍經筵。卒贈司空，兼侍中，諡元獻。《碧雞漫志》：「晏元憲公長短句，風流蘊藉，一時莫及，而溫潤秀潔，亦無其比。」著有《臨川集》、《紫微集》，皆不傳。詞作有《珠玉詞》一卷，見《六十家詞》刊本，又有晏端書刊本。

浣溪沙[1]

一曲新詞酒一杯，去年天氣舊亭臺，夕陽西下幾時回？

無可奈何花落去，

似曾相識燕歸來，小園香徑獨徘徊。

【注釋】

1. 浣溪沙：又名〈小庭花〉、〈江南詞〉、〈玩丹砂〉、〈怨啼鵑〉、〈浣沙溪〉、〈掩蕭齋〉、〈清和風〉、〈換追風〉、〈最多宜〉、〈減字浣溪沙〉、〈隋堤柳〉、〈楊柳陌〉、〈試香羅〉、〈滿院春〉、〈踏花天〉、〈廣寒枝〉、〈廣寒秋〉、〈慶雙椿〉、〈醉木犀〉、〈醉中真〉、〈錦纏頭〉、〈霜菊黃〉、〈頻載酒〉等，為唐教坊曲名。《詞譜》：「張泌詞，有『露濃香泛小庭花』句，名〈小庭花〉；賀鑄名〈減字浣溪沙〉；韓淲詞，有『芍藥酴醾滿院春』句，名〈滿院春〉；有『東風拂欄露猶寒』句，名〈東風寒〉；有『一曲西風醉木犀』句，名〈醉木犀〉；有『霜後黃花菊自開』句，名〈霜菊黃〉；有『廣寒曾折最高枝』句，名〈廣寒枝〉；有『春風初試薄羅衫』句，名〈試香羅〉；有『清和風裏綠蔭初』句，名〈清和風〉；有『一番春事怨啼鵑』句，名〈怨啼鵑〉。」

浣溪沙

一向[1]年光有限身，等閒[2]離別易消魂，酒筵歌席莫辭頻。　滿目山河空念遠，落花風雨更傷春。不如憐取眼前人[3]。

【注釋】

1. 一向：一晌，指片刻、一段時間。

2. 等閒：平常。

3. 憐取眼前人：語出《會真記》崔鶯鶯詩：「還將就來意，憐取眼前人。」

清平樂[1]

紅箋小字，說盡平生意，鴻雁在雲魚在水[2]，惆悵此情難寄。　斜陽獨倚西樓，遙山恰對簾鉤。人面不知何處，綠波依舊東流。

【注釋】

1. 清平樂：又名〈忆憎令〉、〈青年樂〉、〈破子清平樂〉、〈新平樂〉、〈醉東風〉、〈憶蘿月〉、〈鐘千殿〉。原為唐代教坊曲名。《詞譜》：「《宋史・樂志》：屬大石調。《樂章集》注：越調。《碧雞漫志》云：『歐陽炯稱李白有應制〈清平樂〉四首，此其一也，在越調，又有黃鐘宮、黃鐘商兩音。』《花庵詞選》名〈清平樂令〉。張輯詞有『憶著故山蘿月』句，名〈憶蘿月〉。張翥詞有『明朝來醉東風』句，名〈醉東風〉。」

2. 鴻雁在雲魚在水：古人用魚雁比喻可以傳遞書信。古樂府〈飲馬長城窟行〉：「客從遠方來，遺我雙鯉魚；呼兒烹鯉魚，中有尺素書。」《漢書・蘇建傳》：「漢求武等，匈奴詭言武死。後漢使復至匈奴，……教使者謂單于，言天子射上林中，得雁，足有繫帛書，言武等在某澤中。」後來魚雁一詞，遂為書信的代稱。在這裡形容雁在雲端，魚在深水之中，音訊難遞。

清平樂

紫薇朱槿花

金風[1]細細，葉葉梧桐墜。綠酒初嘗人易醉，一枕小窗濃睡。

殘，斜陽卻照闌干。雙燕欲歸時節，銀屏昨夜微寒。

【注釋】

1. 金風：指秋風。古人經常以陰陽五行解釋季節循環變化。秋季於五行中屬金，因此秋風稱為金風。

木蘭花

燕鴻過後鶯歸去，細算浮生千萬緒。長於春夢[1]幾多時，散似秋雲無覓處。

聞琴[2]解佩[3]神仙侶，挽斷羅衣留不住。勸君莫作獨醒人，爛醉花間應有數。

【注釋】

1. 春夢：白居易〈花非花〉云：「來如春夢不多時，去似朝雲無覓處。」
2. 聞琴：卓文君新寡，司馬相如以琴心挑之，文君夜奔相如。
3. 解佩：《列仙傳》中，江妃出遊於江漢之湄，逢鄭交甫。見而悅之，遂手解佩與交甫。交甫藏於懷中，數十步後取出再看，空懷無佩，江妃也忽然不見。

木蘭花

池塘水綠風微暖，記得玉真[1]初見面。重頭[2]歌韻響琤琮，入破[3]舞腰紅亂旋。

玉鉤闌下香階畔，醉後不知斜日晚。當時共我賞花人，點檢[4]如今無一半。

【注釋】

1. 玉真：仙女，泛指美人。
2. 重頭：詞中前後闋完全相同者，名重頭。
3. 入破：唐宋大曲的術語。大曲樂曲之繁聲，名入破。大曲十餘遍，分為散序、中序與破三段，入破是破的第一遍。《近事會元》：「其曲之遍擊聲處，名入破。」《貢父詩話》：「晏元獻尤喜江南馮延巳歌詞，其所自作，亦不減延巳。樂府〈木蘭花〉皆七言詩，有云：『重頭歌韻響錚琮，入破舞腰紅亂旋。』『重頭』、『入破』，管絃家語也。」

4. 點檢：檢查。

木蘭花

綠楊芳草長亭路，年少拋人容易去。樓頭殘夢五更鐘[1]，花底離愁三月雨。
無情不似多情苦，一寸還成千萬縷。天涯地角有窮時，只有相思無盡處。

【注釋】

1. 五更鐘：「五更鐘」與下文的「三月雨」，都是形容思念懷人之時。

踏莎行[1]

祖席[2]離歌，長亭[3]別宴，香塵[4]已隔猶回面。居人匹馬映林嘶，行人去棹[5]依波轉。
畫閣魂消，高樓目斷，斜陽只送平波遠。無窮無盡是離愁，天涯地角尋思遍。

【注釋】

1. 踏莎行：又名〈平陽興〉、〈江南曲〉、〈芳心苦〉、〈方洲泊〉、〈度新聲〉、〈思牛女〉、〈柳長春〉、〈惜餘春〉、〈梅花影〉、〈換巢踏鳳〉、〈喜朝天〉、〈陽羨歌〉、〈繞彬山〉、〈暈眉山〉、〈踏莎心〉、〈踏雪行〉、〈踏雲行〉、〈題醉袖〉、〈轉調踏莎行〉、〈瀟灑雨〉、〈靈壽杖〉等。《白香詞譜題考》：「本調又名〈柳長春〉。《湘山野錄》云：『萊公因春宴客，自傳樂府，俾工歌之。』」
2. 祖席：餞行時的酒席。
3. 長亭：古時道路每十里設置供行人休憩的驛站。李白〈菩薩蠻．平林漠漠煙如織〉詞：「何處是歸程，長亭更短亭。」
4. 香塵：形容地下落花甚多，塵土都帶香氣。
5. 棹：指舟船。

踏莎行

小徑紅稀[1]，芳郊綠遍[2]，高臺樹色陰陰見[3]。春風不解禁楊花，濛濛亂撲行人面。

翠葉藏鶯，朱簾隔燕，鑪香靜逐游絲轉。一場愁夢酒醒時，斜陽卻照深深院。

【注釋】

1. 紅稀：形容花少。

2. 綠遍：形容草多。

3. 陰陰見：暗暗顯露的意思。

蝶戀花[1]

六曲闌干偎[2]碧樹，楊柳風輕，展盡黃金縷[3]。誰把鈿箏[4]移玉柱，穿簾海燕雙飛去。　滿眼游絲兼落絮，紅杏開時，一霎[5]清明雨。濃睡覺來鶯亂語，驚殘好夢無尋處。

【注釋】

1. 蝶戀花：《詞譜》：「〈蝶戀花〉，唐教坊曲。本名〈鵲踏枝〉，宋晏殊詞改今名。《樂章集》注小石調，趙令時詞注商調，《太平樂府》注雙調。馮延巳詞有『楊柳風輕，展盡黃金縷』句，名〈黃金縷〉。趙令時詞有『不捲珠簾，人在深深院』句，名〈捲珠簾〉。司馬槱詞有『夜涼明月生南浦』句，名〈明月生南浦〉。韓淲詞有『細雨吹池沼』句，名〈細雨吹池沼〉。賀鑄詞名〈鳳棲梧〉，李石詞名〈一籮金〉，衷元吉詞名〈魚水同歡〉，沈會宗詞名〈轉調蝶戀花〉。」另，此篇或傳為馮延巳所作，或傳為歐陽脩所作。

2. 偎：依靠。

3. 黃金縷：指柳枝上金黃色的花朵。

4. 鈿箏：指在箏上裝飾的羅鈿。

5. 一霎：極短暫的時間。

韓縝

字玉汝，靈壽人，生於宋真宗天禧三年（西元一〇一九年），慶曆二年進士。於英宗朝任淮南轉運使，神宗朝累知樞密院事，哲宗朝拜尚書右僕射兼中書侍郎，出知潁昌府，以太子太保致仕。卒贈司空崇國公，諡莊敏。《容齋續筆》：「韓莊敏公縝，字玉汝，蓋取君子以玉彼得，縝密以栗，及王欲玉汝之義，前人未嘗用之，最為古雅。」

鳳簫吟[1]

鎖離愁，連緜無際，來時陌上初熏[2]。繡幃人念遠，暗垂珠露，泣送征輪。長行長在眼，更重重、遠水孤雲。但望極、樓高盡日，目斷王孫。　消魂，池塘從別後，曾行處、綠妒輕裙。恁時[3]攜素手，亂花飛絮裡，緩步香茵[4]。朱顏空自改，向年年、芳意長新。遍綠野、嬉遊醉眠，莫負青春。

【注釋】

1. 鳳簫吟：一名〈芳草〉、〈鳳樓吟〉。《詞譜》：「雙調一百字，前段十句，四平韻，後段十句，五平韻。此調前段起句不用韻者，以韓詞為正體；前段起句用韻者，以晁詞為正體。可平可仄，可參奚減、晁補之、曹勛、王之道等詞。」《古今詞話》引《樂府紀聞》：「韓縝有愛姬，能詞。韓奉使時，姬作〈蝶戀花〉送之云：『香作風光濃著露，正恁雙棲，又遣分飛去。密訴東君應不許，淚波一灑奴衷素。』神宗知之，遣使送行。劉貢父贈以詩：『卷耳幸容留婉孌，皇華何啻有光輝。』莫測中旨何自而出，後乃知姬人別曲傳入內庭也。韓亦有〈鳳簫吟〉詠芳草以留別，與〈蘭陵王〉詠柳以敘別同意。後人竟以芳草為調名，則失〈鳳簫吟〉原唱意矣。」

2. 熏：暖和。

3. 恁：那時。

4. 香茵：指草地。

宋祁

字子京，安州安陸人，徙開封之雍邱，生於宋真宗咸平元年（西元九九八年）。天聖二年（西元一〇二四年），與兄宋庠同舉進士，奏名第一。章獻太后以為弟不可先兄，乃擢庠為第一，而置祁於第十，時號大、小宋。累遷知制誥、工部尚書、翰林學士承旨。卒諡景文。曾與歐陽脩同修《新唐書》。其詞作極富感情。《古今詞話》：「宋子京為天聖中翰林，以賦采侯中博學鴻詞科第，有『色映堋雲爛，聲連羽月遲』之句，時呼『宋采侯』。每夕臨文，必使麗姝燃雙椽燭，即張子野所謂『紅杏枝頭春意鬧尚書』也。」劉熙載《藝概》：「宋子京詞，是宋初體。張子野始創瘦硬之體，雖互相稱美，其實趣尚不同。」近趙萬里輯《宋景文公長短句》一卷。

木蘭花

東城漸覺風光好，縠皺波紋[1]迎客棹。綠楊煙外曉雲輕，紅杏枝頭春意鬧[2]。
浮生長恨歡娛少，肯愛千金輕一笑？為君持酒勸斜陽，且向花間留晚照。

【注釋】

1. 縠皺波紋：縠，音同「胡」，縐紗。形容波紋細如皺紗。
2. 紅杏枝頭春意鬧：王國維《人間詞話》：「『紅杏枝頭春意鬧』，著一『鬧』字而境界全出。『雲破月來花弄影』，著一『弄』字而境界全出矣。」

歐陽脩

字永叔，廬陵人，宋真宗景德四年（西元一〇〇七年）出生。天聖八年（西元一〇三〇年）省元，中進士甲科，累遷擢知制誥、翰林學士，歷樞密副使、參知政事。神宗朝遷兵部尚書，以太子少師致仕。宋神宗熙寧五年（西元一〇七二年）卒，贈太子太師，諡文忠。《鶴林玉露》：「歐陽公雖遊戲作小詞，亦無愧唐人《花間集》。」《介存齋論詞雜著》：「永叔詞只如無意，而沉著在和平中見。」晚號六一居士，著有《六一詞》，見六十家詞本，又有《歐陽文忠公近體樂府》三卷及《醉翁琴趣外篇》六卷，見雙照樓刊本。

采桑子[1]

群芳過後西湖[2]好，狼籍[3]殘紅，飛絮濛濛，垂柳闌干盡日風。笙歌散盡遊人去，始覺春空，垂下簾櫳[4]，雙燕歸來細雨中。

【注釋】

1. 采桑子：《詞譜》：「〈采桑子〉，唐教坊曲，有〈楊下采桑〉，調名本此。《尊前集》注羽調。《樂府雅詞》注中呂宮。南唐李煜詞名〈醜奴兒令〉，馮延巳詞名〈羅敷媚歌〉，賀鑄詞名〈醜奴兒〉，陳師道詞名〈羅敷媚〉。」

2. 西湖：非指杭州西湖。此西湖在安徽阜陽縣西北，十里長，兩里廣，潁河諸水匯流處。唐許渾、宋歐陽修、蘇軾等皆曾宴遊其地。

3. 狼籍：狼因起臥、遊戲多藉草，顯得穢亂不堪，後以此形容雜亂之意。

4. 簾櫳：窗簾與窗牖，也泛指窗牖上的簾子。

訴衷情[1]

清晨簾幕捲輕霜，呵手試梅妝[2]。都緣自有離恨，故畫作、遠山長。　思往事，惜流芳[3]。易成傷。擬歌先斂，欲笑還顰[4]，最斷人腸。

【注釋】

1. 訴衷情：《詞譜》：「唐教坊曲名。毛文錫詞，有『桃花流水漾縱橫』句，又名〈桃花水〉。」《白香詞譜題考》：「本調為溫飛卿所創，義取〈離騷〉『眾不可戶說兮，孰云察余之中情』，而曰〈訴衷情〉。」

2. 梅妝：相傳南朝宋壽陽公主白天臥睡在含章殿下，梅花落在公主額頭上，揮拂不去。後人多效法在額頭上描畫梅花之形。

3. 流芳：流光，流水般逝去的光陰。

4. 顰：蹙眉的樣子。

踏莎行

候館[1]梅殘，溪橋柳細，草薰風暖[2]搖征轡[3]。離愁漸遠漸無窮，迢迢不斷如春水。

寸寸柔腸，盈盈[4]粉淚，樓高莫近危[5]闌倚。平蕪[4]盡處是春山，行人更在春山外。

【注釋】

1. 候館：能遠望之樓。
2. 草薰風暖：薰，香氣。江淹〈別賦〉：「閨中風暖，陌上草薰。」
3. 征轡：轡，音同「配」，馬韁。以此代表馬。
4. 盈盈：原指儀態美好的樣子，在此指美人。〈古詩十九首．青青河畔草〉：「盈盈樓上女，皎皎當窗牖。」
5. 平蕪：平坦的草地。

蝶戀花[1]

庭院深深深幾許？楊柳堆煙，簾幕無重數。玉勒雕鞍遊冶[2]處，樓高不見章臺路[3]。　雨橫風狂三月暮，門掩黃昏，無計留春住。淚眼問花花不語，亂紅飛過鞦韆去。

【注釋】

1. 蝶戀花：李清照〈詞序〉：「歐陽公作〈蝶戀花〉有『庭院深深深幾許』之句，余酷愛之，用其語作庭院深深數闋，其聲即〈臨江仙〉也。」
2. 遊冶：以聲色為娛，此做春遊。唐．李白〈採蓮曲〉：「岸上誰家遊冶郎，三三五五映垂楊。」
3. 章臺路：漢代長安街名，章臺街在章臺之下。語出《漢書．張敞傳》：「然敞無威儀，時罷朝會，過走馬章臺街，使御吏驅，自以便面拊馬。」唐許堯佐有〈章臺柳傳〉，後人因此以章臺作為歌妓聚集之所。

蝶戀花

誰道閒情拋棄久？每到春來，惆悵還依舊。日日花前常病酒，不辭鏡裡朱顏瘦。　河畔青蕪[1]堤上柳，為問新愁，何事年年有？獨立小橋風滿袖，平林[2]新月人歸後。

【注釋】

1. 青蕪：青草，古詩：「青青河畔草。」

2. 平林：平地上的樹林。《詩經・大雅・生民》：「誕寘之平林，會伐平林。」

蝶戀花

幾日行雲[1]何處去？忘了歸來，不道[2]春將暮。百草千花寒食路，香車繫在誰家樹？　淚眼倚樓頻獨語，雙燕來時，陌上相逢否？撩亂春愁如柳絮，依依夢裡無尋處。

【注釋】

1. 行雲：借指所思念的人。李白〈久別離〉詩：「東風兮東風，為我吹行雲使西來。」清代學者譚獻《譚評詞辨》：「行雲、百草、千花、雙燕，必有所託。」

2. 不道：不覺。

木蘭花

別後不知君遠近，觸目淒涼多少悶！漸行漸遠漸無書，水闊魚沉[1]何處問？
夜深風竹敲秋韻[2]，萬葉千聲皆是恨。故攲單枕夢中尋，夢又不成燈又燼[3]。

【注釋】

1. 魚沉：古人以魚雁可傳信，魚沉指魚入深水，書信不傳。
2. 秋韻：秋聲。
3. 燼：結燈花。燈心餘燼結成的花形。俗以為吉祥的徵兆。

浪淘沙令[1]

把酒[2]祝東風，且共從容[3]。垂楊紫陌[4]洛城東。總是當時攜手處，遊遍芳叢。
聚散苦匆匆，此恨無窮。今年花勝去年紅，可惜明年花更好，知與誰同？

【注釋】

1. 浪淘沙令：《詞譜》：「《樂章集》注歇指調。蔣氏《九宮譜目》越調。按《唐書．禮樂志》，歇指調乃林鐘律之商聲，越調乃無射律之商聲也。賀鑄詞名〈曲入冥〉，李清照詞名〈賣花聲〉，史達祖詞名〈過龍門〉，馬鈺詞名〈煉丹砂〉。按唐人〈浪淘沙〉本七言斷句，至南唐李煜始製兩段令詞，雖每段尚存七言詩兩句，其實因舊曲名，另創新聲也。杜安世詞於前段起句減一字，柳永詞於前後段起句各減一字，均為令詞，句讀悉同。即宋祁、杜安石仄韻詞稍變音節，然前後第二句四字、第三句七字，其源亦出於李煜詞也。至柳永、周邦彥別作慢詞，與此截然不同，蓋調長拍緩，即古曼聲之意也。詞律於令詞強為分體，於慢詞或為類列者誤。」

2. 把酒：把，端、持握。端握酒杯。
3. 從容：留連。
4. 紫陌：有紫花之堤上。

青玉案[1]

一年春事都來幾？早過了、三之二。綠暗紅嫣渾可事[2]，綠楊庭院，暖風簾幕，有箇人憔悴。　買花載酒長安市，又爭似[3]、家山[4]見桃李？不枉[5]東風吹客淚，相思難表，夢魂無據，惟有歸來是。

【注釋】

1. 青玉案：《詞譜》：「漢張衡詩『何以報之青玉案』，調名取此。韓淲詞有『蘇公堤上西湖路』句，名〈西湖路〉。」

2. 可事：可樂之事。
3. 爭似：怎似。
4. 家山：家鄉。
5. 不枉，不怪。

柳永

字耆卿，初名三變，字景莊，崇安（今福建省）人。生卒年不詳。景祐元年（西元一〇三四年）進士，官至屯田員外郎，因此世號「柳屯田」。柳永以樂章擅名，其詞風旖旎平易，語言通俗，情感率真，多為歌詠太平盛世尋歡作樂的作品。有《樂章集》一卷，見《六十家詞》刊本；又三卷，續添曲子一卷，見《彊村叢書》刊本。劉熙載《藝概》：「柳耆卿詞，昔人比之杜詩，為其實說無表德也。余謂此論其體則然；若論其旨，少陵恐不許之。耆卿詞，細密而妥溜，明白而家常，善於敘事，有過前人。惟綺羅香澤之態，所在多有，故覺風期未上耳。」

曲玉管[1]

隴首[2]雲飛，江邊日晚，煙波滿目憑闌久。一望關河蕭索[3]，千里清秋，忍凝眸。杳杳神京，盈盈仙子，別來錦字終難偶[4]。斷雁無憑，冉冉飛下汀洲，思悠悠。　暗想當初，有多少、幽歡佳會；豈知聚散難期，翻成雨恨雲愁。阻追遊，每登山臨水，惹起平生心事，一場消黯[5]，永日[6]無言，卻下層樓。

【注釋】

1. 曲玉管：《詞譜》：「〈曲玉管〉，唐教坊曲名。《樂章集》注大石調。雙調一百五字，前段十二句，兩叶韻，四平韻，後段十句，三平韻。」
2. 隴首：山頭、高丘上。
3. 蕭索：蕭條冷落。
4. 難偶：難以相會。
5. 消黯：黯然消魂。
6. 永日：長日。

雨霖鈴[1]

寒蟬淒切，對長亭晚，驟雨初歇。都門帳飲[2]無緒[3]，留戀處、蘭舟催發。執手相看淚眼，竟無語凝噎[4]。念去去、千里煙波，暮靄沉沉[5]楚天闊。　多情自古傷離別，更那堪、冷落清秋節！今宵酒醒何處？楊柳岸、曉風殘月。此去經年，應是良辰好景虛設。便縱有千種風情[6]，更與何人說？

【注釋】

1. 雨霖鈴：《詞譜》：「一名〈雨霖鈴慢〉，唐教坊曲名。《明皇雜錄》：『帝幸蜀，初入斜谷，霖雨彌日，棧道中聞鈴聲，采其聲為〈雨霖鈴〉曲。』宋詞蓋借舊曲名，另倚新聲也。雙調一百三字，前段十句，五仄韻，後段九句，五仄韻。」
2. 都門帳飲：指在京城城門之外，設帳餞行。
3. 無緒：沒有心思，心思繁亂的樣子。
4. 凝噎：喉中氣塞。
5. 暮靄沉沉：晚間雲氣濃厚。
6. 風情：風流情意。

蝶戀花

佇倚危樓[1]風細細，望極春愁，黯黯生天際。草色煙光殘照裡，無言誰會憑闌意？　擬把[2]疏狂圖一醉，對酒當歌，強[3]樂還無味。衣帶漸寬終不悔，為伊消得[4]人憔悴。

【注釋】

1. 危樓：危，此處是高聳意。危樓，即指高樓。

2. 擬把：打算

3. 強：勉強。

4. 消得：值得。

采蓮令[1]

月華收，雲淡霜天曙。西征客、此時情苦。翠娥[2]執手，送臨歧[3]，軋軋[4]開朱戶。千嬌面、盈盈佇立，無言有淚，斷腸爭忍回顧？　一葉蘭舟，便恁急槳凌波去。貪行色、豈知離緒，萬般方寸[5]，但飲恨、脈脈同誰語？更回首、重城不見，寒江天外，隱隱兩三煙樹。

【注釋】

1. 采蓮令：《詞譜》：「按《宋史．樂志》，曲宴遊幸，教坊所奏十八調曲，九曰〈雙調．采蓮〉。今柳永《樂章集》有之，亦注雙調。《碧雞漫志》：『夾鐘商，俗呼雙調。』」

2. 翠娥：指美人。

3. 臨歧：歧路分別。

4. 軋軋：形容開門的聲音。

5. 方寸：指心情。

浪淘沙慢[1]

夢覺、透窗風一線，寒燈吹息。那堪酒醒，又聞空階，夜雨頻滴。嗟因循[2]、久作天涯客。負佳人、幾許盟言，便忍把、從前歡會，陡頓[3]翻成憂戚。愁極，再三追思，洞房深處，幾度飲散歌闌，香暖鴛鴦被。豈暫時疏散，費伊心力。殢雲尤雨[4]，有萬般千種，相憐相惜。恰到如今、天長漏永，無端自家疏隔。知何時、卻擁秦雲[5]態？原低幃昵[6]枕，輕輕細說與，江鄉夜夜，數寒更思憶。

【注釋】

1. 浪淘沙慢：《詞調溯源》：「〈浪淘沙〉調見《教坊記》、《尊前集》載，劉禹錫詞未詳所屬律調，宋柳永有〈浪淘沙慢〉、〈浪淘沙令〉，入林鍾商，俗呼歇止調。周邦彥、吳文英皆慢詞，入夷則商。」

2. 因循：難以振作之意。

3. 陡頓：突然間。

4. 殢雲尤雨：殢，音同「帝」，困極。形容貪戀歡情。

5. 秦雲：秦樓雲雨。

6. 昵：親近。

定風波慢[1]

自春來、慘綠愁紅，芳心是事可可[2]。日上花梢，鶯穿柳帶，猶壓香衾臥。暖酥[3]消、膩雲嚲[4]。終日厭厭倦梳裹。無那[5]。恨薄情一去，音書無箇。

早知恁麼[6]，悔當初、不把雕鞍鎖。向雞窗[7]，只與蠻箋象管[8]，拘束教吟課。鎮相隨、莫拋躲，針線閒拈伴伊坐。和我，免使年少，光陰虛過。

【注釋】

1. 定風波慢：《詞譜》：「〈定風波〉，唐教坊曲名。李珣詞名〈定風流〉，張先詞名〈定風波令〉。……此〈定風波〉慢詞，雖押兩短韻，實與〈定風波令〉不同。」

2. 可可：形容不經心的樣子。五代十國的薛昭蘊〈浣溪沙・簾外三間出寺牆〉詞：「瞥地見時猶可可，卻來閒處暗思量。」

3. 暖酥：指皮膚。

4. 膩雲嚲：嚲，音同「朵」，下垂的意思。指頭髮垂下，疏於打理。

5. 無那：無聊。

6. 恁麼：如此。

7. 雞窗：書室。羅隱〈題袁溪張逸人所居〉詩：「雞窗夜靜開書卷。」

8. 蠻箋象管：蠻箋，是四川所產的彩色箋紙。象管，指筆。

少年遊[1]

歸雲

長安古道馬遲遲，高柳亂蟬嘶。夕陽鳥外，秋風原上，目斷四天垂。

一去無蹤迹，何處是前期？狎興[2]生疏，酒徒蕭索，不似去年時。

【注釋】

1. 少年遊：《詞譜》：「調見《珠玉集》。因詞有『長似少年時』句，取以為名。《樂章集》注林鐘商調。韓淲詞有『明窗玉蠟梅枝好』句，更名〈玉蠟梅枝〉。薩都剌詞名〈小闌干〉。」

2. 狎興：指冶遊的興致。

戚氏[1]

晚秋天，一霎[2]微雨灑庭軒。檻菊蕭疏，井梧零亂，惹殘煙。淒然，望江關，飛雲黯淡夕陽閒。當時宋玉[3]悲感，向此臨水與登山。遠道迢遞，行人淒楚，倦聽隴水潺湲。正蟬吟敗葉，蛩響衰草，相應喧喧。

孤館度日如年，風露漸變，悄悄至更闌。長天淨、絳河[4]清淺，皓月嬋娟。思緜緜，夜永對景，那堪屈指，暗想從前。未名未祿，綺陌紅樓，往往經歲遷延。

帝里[5]風光好，當年少日，暮宴朝歡。況有狂朋怪侶，遇當歌對酒競留連。別來迅景如梭，舊游似夢，煙水程何限？念利名、憔悴長縈絆，追往事、空慘愁顏。漏箭移[6]，稍覺輕寒，漸嗚咽、畫角數聲殘。對閒窗畔，停燈向曉，抱影無眠。

【注釋】

1. 戚氏：《詞譜》：「〈戚氏〉，柳永《樂章集》注中呂調。丘處機詞名〈夢遊仙〉。此調宋人作者甚少。」

2. 一霎：形容時間短促。

3. 宋玉：戰國時楚國人，約生於周赧王二十五年。因曾任蘭臺令，又被稱為「蘭臺公子」，為屈原弟子。善詞賦，與屈原並稱「屈宋」。曾作〈九辯〉，有「悲哉，秋之為氣也」之語。

4. 絳河：銀河。天稱「絳霄」，銀河稱「絳河」，蓋借南方之色以為喻。

5. 帝里：指京城。

6. 漏箭移：漏，為古代一種計時器，以銅受水刻節，晝夜百節，用以計量時間。在此指夜色已深。

夜半樂[1]

凍雲黯淡天氣，扁舟一葉，乘興離江渚。度萬壑千巖，越溪深處。怒濤漸息，樵風[2]乍起，更聞商旅相呼。片帆高舉，泛畫鷁[3]、翩翩過南浦。　望中酒旆[4]閃閃，一簇煙村，數行霜樹。殘日下、漁人鳴榔[5]歸去。敗荷零落，衰楊掩映。岸邊兩兩三三，浣紗遊女。避行客、含羞笑相語。　到此因念，繡閣輕拋，浪萍難駐。歎後約、丁寧竟何據？慘離懷、空恨歲晚歸期阻。凝淚眼、杳杳神京[6]路，斷鴻聲遠長天暮。

【注釋】

1. 夜半樂：《欽定詞譜》：「〈夜半樂〉，唐教坊曲名。柳永《樂章集》注中呂調。蓋借舊曲名，另倚新聲也。《碧雞漫志》：『唐史，明皇自潞州還京師，夜半舉兵誅韋后，製〈夜半樂〉、〈還京樂〉二曲。』今黃鐘宮有〈三臺夜半樂〉，中呂調有慢、有近拍、有序。」

2. 樵風：樵，指山木。此指高處之風。

3. 畫鷁：鷁，音同「義」。鳥名，形狀如鷺而大。古船家於船頭畫鷁首怪獸，以懼江神，後人因此以畫鷁代指船。

4. 酒旆：旆，音同「配」，旗幟。酒旆，指酒旗，繫在酒店門前竹竿上的布條，用於招徠客人。

5. 鳴榔：從前漁夫捕魚，擊木榔以驚魚，使魚聚於一處，易於捕獲。

6. 神京：指汴京。

玉蝴蝶[1]

望處雨收雲斷，憑闌悄悄，目送秋光。晚景蕭疏[2]，堪動宋玉悲涼。水風輕、蘋花漸老；月露冷、梧葉飄黃。遣情傷，故人何在？煙水茫茫。　難忘，文期酒會，幾孤風月，屢變星霜[3]。海闊山遙，未知何處是瀟湘[4]？念雙燕、難憑音信；指暮天、空識歸航。黯相望，斷鴻聲裡，立盡斜陽。

【注釋】

1. 玉蝴蝶：《詞譜》：「〈玉蝴蝶〉，小令始於溫庭筠，長調始於柳永。《樂章集》注仙呂調。一名〈玉蝴蝶慢〉。」

2. 蕭疏：蕭瑟之意。

3. 星霜：星一年為一周天，霜每年降，因此稱一年為一星霜。

4. 瀟湘：原是瀟水、湘水之稱，後泛指為所思之處。

八聲甘州[1]

對瀟瀟暮雨灑江天，一番洗清秋。漸霜風淒緊，關河冷落，殘照當樓。是處紅衰翠減[2]，苒苒物華休[3]。惟有長江水，無語東流。　不忍登高臨遠，望故鄉渺邈[4]，歸思[5]難收。歎年來蹤跡，何事苦淹留？想佳人、妝樓凝望，誤幾回、天際識歸舟[6]。爭知我、倚闌干處，正恁凝愁？

【注釋】

1. 八聲甘州：《塡詞名解》：「〈八聲甘州〉，一名〈甘州歌〉。《西域記》云：『龜茲國工製曲，〈伊州〉、〈甘州〉、〈涼州〉等曲翻入中國。』」《詞譜》：「《碧雞漫志》：『〈甘州仙呂〉調，有曲破，有八聲，有慢，有令。』按，此調前後段八韻，故名八聲，乃慢詞也。與〈甘州遍〉之曲破，〈甘州子〉之令詞不同。周密詞名〈甘州〉，張炎詞因柳永詞有『對蕭蕭暮雨灑江天』句，更名〈蕭蕭雨〉；白樸詞名〈宴瑤池〉。」
2. 紅衰翠減：指花落葉少。
3. 苒苒物華休：苒苒，漸漸的樣子；物華休，形容景物凋殘。
4. 渺邈：遙遠。
5. 歸思：歸家心情。
6. 天際識歸舟：語出謝朓〈之宣城出新林浦向板橋〉詩。

迷神引

一葉扁舟輕帆捲，暫泊楚江南岸。孤城暮角，引胡笳怨。水茫茫，平沙雁，旋驚散。煙斂寒林簇，畫屏展，天際遙山小，黛眉淺[1]。　舊賞輕拋，到此成遊宦。覺客程勞，年光晚。異鄉風物，忍蕭索、當愁眼。帝城賒[2]，秦樓阻，旅魂亂。芳草連空闊，殘照滿，佳人無消息，斷雲遠。

【注釋】

1. 黛眉淺：形容遠山。
2. 賒：遠的意思。

竹馬子[1]

登孤壘荒涼，危亭曠望，靜臨煙渚。對雌霓[2]掛雨，雄風[3]拂檻，微收殘暑。漸覺一葉驚秋，殘蟬噪晚，素商[4]時序。覽景想前歡，指神京，非霧非煙深處。　向此成追感，新愁易積，故人難聚。憑高盡日凝佇，贏得消魂無語。極目霽靄[5]霏微，暝鴉零亂，蕭索江城暮。南樓畫角，又送殘陽去。

【注釋】

1. 竹馬子：本名〈竹馬兒〉。《填詞名解》：「〈竹馬子〉，取後漢郭細侯事。」《後漢書・郭伋傳》：「郭伋行部到西河美稷，有兒童數百，各騎竹馬，道次迎拜。」
2. 雌霓：虹雙出，色鮮豔者為雄，色黯淡者為雌，雄曰虹，雌曰霓。
3. 雄風：雄駿之風。宋玉〈風賦〉：「此大王之雄風也。」
4. 素商：秋日。秋色尚白，音屬商，見《禮記・月令》。
5. 霽靄：晴煙。

王安石

字介甫，臨川（今江西撫州）人，生於宋真宗天禧五年（西元一〇二一年）。慶曆二年（西元一〇四二年）進士，神宗朝，累除知制誥翰林學士，拜同中書門下平章事，加尚書左僕射，兼門下侍郎，封荊國公，後人常稱其為「王荊公」。晚歲居於金陵，自號半山老人。卒於元祐元年（西元一〇八六年），謚曰文。崇寧年間，追封舒王。有《臨川先生歌曲》一卷，《補遺》一卷，見《彊村叢書》。《碧雞漫志》：「王荊公長短句不多，合繩墨處，自雍容奇特。」《藝概》：「王半山詞瘦削雅素，一洗五代舊習，惟未能涉樂必笑，言哀已嘆，故深情之士，不無間然。」

桂枝香[1]

登臨送目，正故國[2]晚秋，天氣初肅。千里澄江似練，翠峯如簇。歸帆去棹殘陽裡，背西風、酒旗斜矗。彩舟雲淡，星河鷺起[3]，畫圖難足。　念往昔、繁華競逐，歎門外樓頭[4]，悲恨相續。千古憑高，對此謾嗟榮辱。六朝[5]舊事如流水，但寒煙、衰草凝綠[6]。至今商女，時時猶唱，〈後庭〉遺曲[7]。

【注釋】

1. 桂枝香：《詞譜》：「調見《樂府雅詞》。張輯詞，有『疏簾淡月』句，又名〈疏簾淡月〉。」《歷代詩餘》：「金陵懷古，諸公寄調《桂枝香》者三十餘家，惟王介甫為絕唱。東坡見之，歎曰：『此老乃野狐精也！』」《詞源》：「詞以意為主，不要蹈襲前人語意。如東坡中秋〈水調歌〉、夏夜〈洞仙歌〉，王荊公金陵〈桂枝香〉，姜白石〈暗香〉賦梅，此數詞，皆清空中有意境，無筆力者未易到。」
2. 故國：金陵一地是六朝舊都，因此稱為故國。
3. 星河鷺起：星河，即銀河。李白〈登金陵鳳凰臺〉詩：「三山半落青天外，二水中分白鷺洲。」
4. 門外樓頭：引杜牧〈臺城曲〉「門外韓擒虎，樓頭張麗華」之詩意。
5. 六朝：指曾定都金陵的吳、東晉、宋、齊、梁、陳六朝。
6. 衰草凝綠：語出竇鞏〈南遊感興〉詩：「傷心欲問前朝事，惟見江流去不回。日暮東風春草綠，鷓鴣飛上越王臺。」

7.〈後庭〉遺曲：陳後主遊宴後庭，有曲名為〈玉樹後庭花〉。其詞輕蕩，歌聲哀怨，且為亡國之音，後以此喻為亡國之音。杜牧〈泊秦淮〉詩：「商女不知亡國恨，隔江猶唱〈後庭花〉。」

千秋歲引

別館寒砧[1]，孤城畫角，一派秋聲入寥廓。東歸燕從海上去，南來雁向沙頭落。楚臺風[2]，庾樓月[3]，宛如昨。　無奈被些名利縛，無奈被他情擔閣，可惜風流總閒卻。當初漫留華表語[4]，而今誤我秦樓約。夢闌時，酒醒後，思量著。

【注釋】

1. 砧：音同「真」，指擣衣石。
2. 楚臺風：《宋玉傳》云：「楚王遊於蘭臺，有風颯至，王乃披襟以當之曰：『快哉此風！』」
3. 庾樓月：《世說新語》云：「晉庾亮在武昌，與諸佐吏殷浩之徒乘夜月共上南樓，據胡床詠謔。」
4. 華表語：《續搜神記》云：「遼東城門有華表柱，有白鶴集其上，言曰：『有鳥有鳥丁令威，去家千歲今來歸；城郭如故人民非，何不學仙冢纍纍！』」

王安國

字平甫，臨川人，安石之弟，生於宋真宗天聖八年（西元一〇三〇年）。熙寧元年（西元一〇六八年）應茂才異等科入等，賜進士出身。熙寧年初，除西京國子教授，終祕閣校理。熙寧八年（西元一〇七五年）放歸田里，次年卒。有詞見《花庵詞選》。

清平樂

留春不住，費盡鶯兒語。滿地殘紅宮錦[1]汙，昨夜南園風雨。　小憐[2]初上琵琶，曉來思繞天涯。不肯畫堂朱戶，春風自在楊花。

【注釋】

1. 宮錦：宮中錦繡，此喻落花。
2. 小憐：原指馮小憐，北齊後主高緯寵妃馮淑妃之名，此處泛指歌女。

晏幾道

字叔原，號小山，為晏殊幼子。以父蔭賜進士出身，監穎昌許田鎮。北宋婉約派詞人代表，與其父稱為大、小晏。晚年家道中落，其詞善感多愁，有《小山詞》，見《六十家詞》及《彊村叢書》，又有晏端書刊本。《六十一家詞選例言》：「淮海、小山，古之傷心人也。其淡語皆有味，淺語皆有致，求之兩宋詞人，實罕其匹。」《蕙風詞話》：「小山詞從《珠玉》出，而成就不同，體貌各具。《珠玉》比花中之牡丹，小山其文杏乎。」

臨江仙[1]

夢後樓臺高鎖，酒醒簾幕低垂。去年春恨卻來時。落花[2]人獨立，微雨燕雙飛。　記得小蘋[3]初見，兩重心字[4]羅衣。琵琶絃上說相思。當時明月在，曾照彩雲[5]歸。

【注釋】

1. 臨江仙：《詞譜》：「〈臨江仙〉，唐教坊曲名。《花庵詞選》云：『唐詞多緣題所賦，〈臨江仙〉之言水仙，亦其一也。』宋柳永詞注仙呂調；元高拭詞注南呂調。李煜詞名〈謝新恩〉。賀鑄詞，有『人歸落雁後』句，名〈雁後歸〉；韓淲詞，有『羅帳畫屏新夢悄』句，名〈畫屏春〉；李清照詞，有『庭院深深深幾許』句，名〈庭院深深〉。」

2. 落花：此二句原為五代翁宏詩。

3. 小蘋：歌女名。

4. 心字：衣領屈曲，如一心字，見沈雄《古今詞話》。

5. 彩雲：指小蘋。

蝶戀花

夢入江南煙水路，行盡江南，不與離人遇。睡裡消魂無說處，覺來惆悵消魂誤。　欲盡此情書尺素[1]，浮雁沉魚，終了[2]無憑據。卻倚緩絃歌別緒，斷腸移破秦箏柱。

【注釋】

1. 尺素：素，絹也。古人書信，多書於絹，故稱書簡為尺素。

2. 終了：終於。

蝶戀花

醉別西樓醒不記，春夢秋雲1，聚散真容易。斜月半窗還少睡，畫屏閒展吳山翠。

衣上酒痕詩裡字，點點行行，總是淒涼意。紅燭自憐無好計，夜寒空替人垂淚。

【注釋】

1. 春夢秋雲：見白居易詩：「來如春夢不多時，去似秋雲無覓處。」

鷓鴣天1

彩袖2殷勤捧玉鍾，當年拚卻3醉顏紅。舞低楊柳樓心月，歌盡桃花扇底風。

從別後，憶相逢，幾回魂夢與君同。今宵賸把4銀釭5照，猶恐相逢是夢中。

【注釋】

1. 鷓鴣天：《詞譜》：「趙令時詞名〈思越人〉；李元膺詞名〈思佳客〉；賀鑄詞，有『剪刻朝霞釘

露盤』句，名〈剪朝霞〉；韓淲詞，有『只唱驪歌一疊休』句，名〈驪歌一疊〉；盧祖皋詞，有『人醉梅花臥未醒』句，名〈醉梅花〉。雙調五十五字，前段四句，三平韻，後段五句，三平韻。」

2. 彩袖：指歌女。

3. 拚卻：甘願之辭。

4. 臢把：儘把。

5. 釭：音同「剛」，燈。

生查子[1]

關山魂夢長，塞雁音書少。兩鬢可憐青，只為相思老。　　歸傍碧紗窗，說與人人[2]道：「真箇[3]別離難，不似相逢好。」

【注釋】

1. 生查子：《詞譜》：「〈生查子〉，唐教坊曲名。《尊前集》注雙調。元高拭詞注南呂宮。朱希真詞，有『遙望楚雲深』句，名〈楚雲深〉；韓淲詞，有『山意入春晴，都是梅和柳』句，名〈梅和柳〉；又有『晴色入青山』句，名〈晴色入青山〉。」

2. 人人：指所愛之人。

3. 真箇：真正。

木蘭花

東風又作無情計，豔粉嬌紅[1]吹滿地。碧樓簾影不遮愁，還似去年今日意。

誰知錯管春殘事，到處登臨曾費淚。此時金盞直須[2]深，看盡落花能幾醉。

【注釋】

1. 艷粉嬌紅：指落花。
2. 直須：就要。

木蘭花

鞦韆院落重簾暮，彩筆閒來題繡戶。牆頭丹杏雨餘花，門外綠楊風後絮。

朝雲信斷知何處？應作襄王春夢[1]去。紫騮認得舊遊蹤，嘶過畫橋東畔路。

【注釋】

1. 襄王春夢：戰國時，楚懷王、楚襄王並傳有遊高唐，夢巫山神女自願薦寢事。臨去，有「旦為行雲，暮為行雨」語，見〈高唐賦序〉、〈神女賦序〉。

清平樂

留人不住，醉解蘭舟去。一棹碧濤春水路，過盡曉鶯啼處。　渡頭楊柳青青，枝枝葉葉離情。此後錦書[1]休寄，畫樓雲雨無憑。

【注釋】

1. 錦書：在錦緞上繡的字句。晉時竇滔任秦州刺史，被徙流沙，其妻蘇蕙因思念丈夫，在錦緞上織迴文詩兩百餘首。

阮郎歸[1]

袞鳳[2]

舊香殘粉似當初，人情恨不如。一春猶有數行書，秋來書更疏。　衾鳳冷，枕鴛[3]孤，愁腸待酒舒。夢魂縱有也成虛，那堪和夢無。

【注釋】

1. 阮郎歸：《神仙記》中載劉晨、阮肇兩人入天臺山採藥，途間遇仙女，留住半年，思歸甚苦。兩人歸鄉，則鄉邑零落，已過十世矣。曲名本此，故作凄音。《詞譜》：「宋丁持正詞，有『碧桃春晝長』句，名〈碧桃春〉；李祁詞名〈醉桃源〉；曹冠詞名〈宴桃源〉；韓淲詞，有『濯纓一曲可流行』句，名〈濯纓曲〉。」

2. 衾鳳：繡有鳳凰的被褥。

3. 枕鴛：指繡了鴛鴦花樣的枕頭。

阮郎歸

蘭佩

天邊金掌[1]露成霜，雲隨雁字長。綠杯紅袖趁重陽，人情似故鄉。

紫，菊簪黃，殷勤理舊狂。欲將沉醉換悲涼，清歌莫斷腸。

【注釋】

1. 金掌：漢武帝造柏梁臺，上建銅柱，有仙人掌擎盤以承露。

六么令[1]

綠陰春盡，飛絮繞香閣。晚來翠眉宮樣，巧把遠山學[2]。一寸狂心未說，已向橫波[3]覺。畫簾遮帀[4]，新翻曲妙，暗許閒人帶偷掐[5]。前度書多隱語，意淺愁難答。昨夜詩有回文[6]，韻險還慵押。都待笙歌散了，記取來時霎。不消

紅蠟，閒雲歸後，月在庭花舊闌角。

【注釋】

1. 六么令：《詞譜》：「《碧雞漫志》：『〈六么〉一名〈綠腰〉，一名〈樂世〉，一名〈錄要〉。』或云：『此曲折無過六字者，故曰〈六么〉。』雙調九十四字，前後段各九句，五仄韻。」
2. 遠山學：指遠山色淡。
3. 橫波：目邪視如水波之橫流。
4. 遮帀：帀，音同「紮」，圍繞的意思。遮帀，周圍之意。
5. 掐：以爪子刺之。
6. 回文：詩中字句，回環讀之，無不成文。

御街行

街南綠樹春饒絮，雪滿遊春路。樹頭花豔雜嬌雲，樹底人家朱戶。北樓閒上，疏簾高捲，直見街南樹。　闌干倚盡猶慵去，幾度黃昏雨。晚春盤馬踏青苔，曾傍綠陰深駐。落花猶在，香屏空掩，人面知何處[1]？

【注釋】

1. 人面知何處：語出崔護〈題都城南莊〉：「人面不知何處在，桃花依舊笑春風。」

虞美人[1]

曲闌干[2]外天如水，昨夜還曾倚。初將明月比佳期，長向月圓時候、望人歸。

羅衣著破前香在，舊意誰教改。一春離恨懶調絃，猶有兩行閒淚、寶箏前。

【注釋】

1. 虞美人：《詞譜》：「〈虞美人〉，唐教坊曲名。《樂府雅詞》名〈虞美人令〉；周紫芝詞，有『只恐怕寒，難近玉壺冰』句，名〈玉壺冰〉；張炎詞賦柳兒，因名〈憶柳曲〉；王行詞取李煜『恰似一江春水向東流』句，名〈一江春水〉。雙調五十六字，前後段各四句，兩仄韻、兩平韻。」
2. 曲闌干：西洲曲：「闌干十二曲。」

留春令

畫屏天畔，夢回依約，十洲[1]雲水。手撚紅箋寄人書，寫無限、傷春事。別浦高樓曾漫倚，對江南千里。樓下分流水聲中，有當日、憑高淚。

【注釋】

1. 十洲：指神仙之所居，在八方巨海之中。漢東方朔有《十洲記》，稱十州分別為祖洲、瀛洲、玄洲、炎洲、長洲、元洲、流洲、生洲、鳳麟洲、聚窟洲。

思遠人[1]

紅葉黃花秋意晚，千里念行客。飛雲過盡，歸鴻無信，何處寄書得？　淚彈不盡臨窗滴，就硯旋研墨。漸寫到別來，此情深處，紅箋為無色。

【注釋】

1. 思遠人：《詞譜》：「調見《小山樂府》，因詞有『千里念行客』句，取其意以為名。雙調五十二字，前段五句，兩仄韻，後段五句，三仄韻。」

蘇軾

字子瞻，自號東坡居士，為蘇洵長子，眉山人，生於宋景祐三年（西元一〇三六年）。嘉祐二年（西元一〇五七年）進士，累除中書舍人、翰林學士，歷端明殿學士、禮部尚書。紹聖初年，因訕謗獲罪，安置惠州，徙昌化。徽宗立，赦還，提舉玉局觀。建中靖國元年（西元一一〇一年），卒於常州。孝宗朝，贈太師，謚文忠。有《東坡詞》一卷，見《六十家詞》本。又《東坡樂府》二卷，有四印齋所刻詞本。又三卷，有《彊村叢書》本。

水調歌頭[1]

丙辰[2]中秋，歡飲達旦，作此篇兼懷子由[3]

明月幾時有[4]，把酒問青天。不知天上宮闕，今夕是何年。我欲乘風歸去，惟恐瓊樓玉宇[5]，高處不勝寒。起舞弄清影，何似在人間。

轉朱閣，低綺戶[6]，照無眠。不應有恨，何事長向別時圓？人有悲歡離合，月有陰晴圓缺，此事古難全。但願人長久，千里共嬋娟[7]。

【注釋】

1. 水調歌頭：《詞譜》：「《碧雞漫志》屬中呂調。毛滂詞名〈元會曲〉，張榘詞名〈凱歌〉。按，

〈水調〉，乃唐人大曲，凡大曲有歌頭，此必裁截其歌頭，另倚新聲也。」

2. 丙辰：宋神宗熙寧九年，此時蘇軾年四十一歲，知密州。

3. 子由：蘇軾之弟，名轍，字子由。

4. 明月幾時有：見李白〈把酒問青天〉詩：「青天有月來幾時？我今停杯一問之。」

5. 玉宇：神仙所住之處。《雲笈七籤》：「太微之所館，天帝之玉宇也。」

6. 綺戶：繡戶。

7. 嬋娟：形容美麗的月光。謝莊〈月賦〉：「美人邁兮音塵絕，隔千里兮共明月。」

水龍吟[1]次韻章質夫〈楊花詞〉[2]

似花還似非花，也無人惜從教墜[3]。拋家傍路，思量卻是，無情有思[4]。縈損柔腸，困酣嬌眼，欲開還閉。夢隨風萬里，尋郎去處，又還被，鶯呼起。不恨此花飛盡，恨西園、落紅難綴[5]。曉來雨過，遺蹤何在？一池萍碎[6]。春色三分，二分塵土，一分流水。細看來不是楊花，點點是離人淚。

【注釋】

1. 水龍吟：《詞譜》：「姜夔詞注無射商，俗名越調。曾覿詞，結句有『是豐年瑞』句，名〈豐年瑞〉；呂渭老詞，名〈鼓笛慢〉；史達祖詞，名〈龍吟曲〉；楊樵雲詞，因秦觀詞起句，更名〈小

樓連苑〉；方味道詞，結句有『伴莊椿歲』句，名〈莊椿歲〉。」《填詞名解》：「〈水龍吟〉，越調曲也。采李白詩『笛奏龍吟水』，一名〈小樓連苑〉，取宋秦觀詞『小樓連苑橫空』之句。」

2. 章質夫〈楊花詞〉：章質夫，名楶，浦城人，仕至樞密院事。章質夫〈水龍吟〉詠楊花云：「燕忙鶯懶芳殘，正隄上柳花飄墜。輕飛亂舞點畫青林，誰道全無才思。閒趁游絲，靜臨深院，日長門閉。傍珠簾散漫，垂垂欲下，依前被風扶起。蘭帳玉人睡覺，怪春衣雪沾瓊綴。繡牀漸滿，香毬無數，才圓卻碎。時見蜂兒，仰粘輕粉，魚吞池水。望章臺路杳，金鞍遊蕩，有盈盈淚。」

3. 從教墜：任楊花墜落。

4. 有思：即有情。韓愈〈遊城南十六首．晚春〉詩：「楊花榆莢無情思，惟解漫天作雪飛。」

5. 綴：連接。

6. 萍碎：舊注：「楊花落水為浮萍，驗之信然。」

永遇樂[1]彭城夜宿燕子樓[2]，夢盼盼[3]，因作此詞[4]

明月如霜，好風如水，清景無限。曲港跳魚，圓荷瀉露，寂寞無人見。紞如[5]三鼓，鏗[6]然一葉，黯黯夢雲驚斷。夜茫茫、重尋無處，覺來小園行遍。天涯倦客，山中歸路，望斷故園心眼。燕子樓空，佳人何在？空鎖樓中燕。古今如夢，何曾夢覺，但有舊歡新怨。異時對、黃樓[7]夜景，為余浩歎。

【注釋】

1. 永遇樂：《填詞名解》：「〈永遇樂〉，歇指調也。唐杜祕書工小詞，鄰家有小女名蘇香，凡才人歌曲能吟諷，尤善杜詞，逐成渝牆之好。後為僕所訴，杜竟流河朔，臨行，述〈永遇樂〉詞訣別。女持紙三唱而死。第未知此調創自杜與否？」

2. 燕子樓：江蘇省徐州市的樓臺。相傳唐代貞元年間，武寧節度使張愔為其愛妾關盼盼所建。張卒，盼盼居此樓十數年不嫁，後不食而死。

3. 盼盼：關盼盼，唐代女詩人，為武寧節度使張愔之妾，善歌舞。張愔病逝，關盼盼守節不嫁，移居雁子樓。後絕食而死。

4. 因作此詞：白居易〈燕子樓詩序〉云：「徐州故張尚書有愛妓曰盼盼，善歌舞，雅多風態。……尚書既歿，歸葬東洛。而彭城有張氏舊第，第中有小樓名燕子。盼盼念舊愛而不嫁，居是樓十餘年。」

5. 紞如：紞，音同「膽」，擊鼓聲。

6. 鏗：音同「坑」，金石聲，此指葉落聲。韓愈〈秋懷〉詩：「空階一片下，錚若摧琅玕。」

7. 黃樓：宋熙寧十年，蘇軾知徐州時所建的一座樓閣。位於今江蘇省銅門縣東門上。

洞仙歌

1余七歲時，見眉山老尼，姓朱，忘其名，年九十歲。自言嘗隨其師入蜀主孟昶宮中，一日大熱，蜀主與花蕊夫人夜納涼摩訶池上，作一詞，朱具能記之。今四十年，朱已死久矣，人無知此詞者，但記其首兩句。暇日尋味，豈〈洞仙歌〉令乎？乃為足之云。

冰肌玉骨，自清涼無汗。水殿風來暗香滿。繡簾開、一點明月窺人，人未寢，

欹枕釵橫雲鬢亂。　起來攜素手，庭戶無聲，時見疏星度河漢。試問夜如何？夜已三更，金波[2]淡、玉繩[3]低轉。但屈指、西風幾時來？又不道[4]、流年暗中偷換。

【注釋】

1. 洞仙歌：《詞譜》：「〈洞仙歌〉，唐教坊曲名。此調有令詞，有慢詞。令詞自八十三字至九十三字，共三十五首。康與之詞名〈洞仙歌令〉，潘牥詞名〈羽仙歌〉，袁易詞名〈洞仙詞〉。《宋史．樂志》名〈洞中仙〉，注林鐘商調，又歇指調。金詞注大石調。慢詞自一百十八字至一百二十六字，共五首。」
2. 金波：形容月光。《漢書．禮樂志．郊祀歌》：「月穆穆似金波。」
3. 玉繩：星名，在玉衡之北。《文選．西京賦》：「上飛闥而仰眺，正睹瑤光與玉繩。」
4. 不道：不覺。

卜算子[1]　黃州定惠院[2]寓居作

缺月掛疏桐，漏斷人初靜。誰見幽人[3]獨往來，飄渺孤鴻影。　驚起卻回頭，有恨無人省。揀盡寒枝不肯棲，寂寞沙洲冷。

【注釋】

1. 卜算子：一名〈百尺令〉、〈眉峰碧〉、〈缺月掛疏桐〉、〈孤洪〉、〈喜秋天〉、〈楚天遙〉等等。《填詞名解》：「唐駱賓王好用數名，人稱為卜算子。詞曲以名。」《詞律》：「駱義烏詩，用數名，人謂之卜算子。故牌名取之。按《山谷詞》似扶著賣卜算。蓋取義以今賣卜算命之人也。」《蓼園詞選》：「此東坡自寫在黃州之寂寞耳，初從人說起，言如孤鴻之冷落；下專就鴻說。語語雙關，格奇而語雋，斯為超詣神品。」
2. 定惠院：在湖北省皇岡縣東南，是蘇軾因為烏臺詩案被貶謫到黃州時，最初的居所。
3. 幽人：幽居山林之人，即隱士。韋應物〈秋夜寄丘二十二員外〉詩：「空山松子落，幽人應未眠。」

青玉案 和賀方回[1]韻，送伯固歸吳中[2]

三年枕上吳中路，遣黃犬[3]、隨君去。若到松江呼小渡，莫驚鴛鷺，四橋[3]盡是，老子經行處。〈輞川圖〉[4]上看春暮，常記高人右丞句。作箇歸期天定許，春衫猶是，小蠻[5]針線，曾溼西湖雨。

【注釋】

1. 賀方回：賀鑄，字方回，自號慶湖遺老。其詞作內容豐富，風格開朗而多變。詩作數量多，體裁豐

富，是婉約派的重要詞人之一。著有《慶湖遺老集》。

2. 送伯歸吳中：蘇堅，字伯固。蘇軾與講宗盟，此時蘇堅從蘇軾於杭州，三年未歸。後詔以兵部尚書召還。

3. 黃犬：晉朝陸機有犬名黃耳。陸機在洛陽時，曾繫書信於犬頸，致松江家中，並得報還歸洛陽。事見《晉書．陸機傳》。

4. 四橋：姑蘇有垂虹、楓橋等四座橋。

5. 輞川圖：唐王維官至尚書右丞，有別墅在輞川，王維曾於藍田清涼寺壁上畫〈輞川圖〉。

6. 小蠻：唐白居易有姬妾樊素善歌，妓小蠻善舞，有詩〈楊柳枝詞〉云：「櫻桃樊素口，楊柳小蠻腰。」此處指蘇軾姬妾昭雲。

臨江仙 夜歸臨皋1

夜飲東坡醒復醉，歸來彷彿三更。家童鼻息已雷鳴2，敲門都不應，倚杖聽江聲。　長恨此身非我有3，何時忘卻營營4？夜闌風靜縠紋5平，小舟從此逝，江海6寄餘生。

【注釋】

1. 夜歸臨皋：王文誥《蘇詩總案》：「壬戌九月，雪堂夜飲，醉歸臨臯作。」臨臯，在黃州。

2. 鼻息雷鳴：唐衡山道士軒轅彌明與進士劉師服等聯句畢，倚牆而睡，鼻息如雷鳴。見韓愈〈石鼎聯句序〉。

3. 此身非我有：語出《莊子》。舜問丞：「吾身孰有？」丞謂：「是天地之委形。」

4. 營營：紛亂的樣子。

5. 縠紋：縠，音同「胡」。形容水面小波紋。

6. 江海：高適〈奉酬睢陽李太守〉詩：「江海一扁舟。」

定風波[1]

三月七日沙湖[2]道中遇雨，雨具先去，同行皆狼狽，余獨不覺。已而天晴，故作此。

莫聽穿林打葉聲，何妨吟嘯且徐行。竹杖芒鞋[3]輕勝馬，誰怕？一簑煙雨任平生。

料峭[4]春風吹酒醒，微冷，山頭斜照卻相迎。回首向來蕭瑟處，歸去，也無風雨也無晴。

【注釋】

1. 定風波：《詞譜》：「唐教坊曲名。李珣詞名〈定風流〉，張先詞名〈定風波令〉。」

2. 沙湖：在黃州。《蘇詩總案》：「壬戌相田至沙湖道中遇雨作。」

3. 芒鞋：用芒草編織的鞋子。

4. 料峭：形容風冷。

江城子[1]乙卯[2]正月二十日夜記夢

十年[3]生死兩茫茫，不思量，自難忘。千里孤墳[4]、無處話淒涼。縱使相逢應不識，塵滿面、鬢如霜。　夜來幽夢忽還鄉，小軒窗，正梳妝。相顧無言、惟有淚千行。料得年年腸斷處，明月夜、短松岡。

【注釋】

1. 江城子：《詞譜》：「〈江城子〉，唐詞單調，以韋莊詞為主，餘俱照韋詞添字，至宋人始作雙調。晁補之改名〈江神子〉，韓淲詞有『臘後春前村意遠』句，名〈村意遠〉。」
2. 乙卯：宋神宗熙寧八年。
3. 十年：蘇軾妻王氏卒於宋英宗治平二年五月，到熙寧八年，正十年。
4. 千里孤墳：王氏葬於四川彭山縣安鎮鄉可龍里。

賀新郎[1]

乳燕飛華屋，悄無人、槐陰轉午，晚涼新浴。手弄生綃白團扇[2]，扇手一時似玉[3]。漸困倚、孤眠清熟，簾外誰來推繡戶？枉教人、夢斷〈瑤臺曲〉，又卻是、風敲竹。　石榴半吐紅巾蹙[4]，待浮花浪蕊[5]都盡，伴君幽獨。穠豔一枝細看取，芳意千重似束。又恐被、西風驚綠[6]，若待得君來向此，花前對酒不忍觸。共粉淚、兩簌簌[7]。

【注釋】

1. 賀新郎：《詞譜》：「葉夢得詞有『唱金縷』句，名〈金縷歌〉，又名〈金縷曲〉，又名〈金縷詞〉。蘇軾詞有『乳燕飛華屋』句，名〈乳燕飛〉，有『晚涼新浴』句，名〈賀新涼〉，有『風敲竹』句，名〈風敲竹〉。張輯詞有『把貂裘，換酒長安市』句，名〈貂裘換酒〉。此調始於蘇軾。」《楊湜詞話》：「蘇子瞻守錢塘，有官妓秀蘭，天性黠慧，善於應對。一日，湖中有宴會，群妓畢集，唯秀蘭不至，督之，良久方來。問其故，對以沐浴倦睡，忽聞叩門甚急，起而問之，乃樂營將催督也。子瞻已恕之矣，座中一倅怒其晚至，詰之不已。時榴花盛開，秀蘭折一枝藉手告倅，倅愈怒，子瞻因作〈賀新郎〉令，歌以送酒，倅怒頓止。」《苕溪漁隱叢話》：「胡仔云：東坡此詞，冠絕古今，託意高遠，寧為一妓而發耶！『簾外』三句用唐詩：『捲簾風動竹，疑是故人來』之意。『石榴半吐』五句，蓋初夏之時，千花事退，榴花獨芳，因以寫幽閨之情也。野哉楊湜之言，真可入笑林矣！」
2. 白團扇：晉中書令王珉與嫂婢有情，珉好執白團扇，婢作〈白團扇歌〉贈珉。
3. 扇手一時似玉：晉王衍每執玉柄麈尾玄談，與手同色。
4. 紅巾蹙：見白居易〈石榴詩〉：「山榴花似結紅巾。」
5. 浮花浪蕊：見韓愈詩：「浮花浪蕊鎮長有。」傅幹注：「石榴繁盛時，百花零落盡矣。」
6. 西風驚綠：見皮日休〈石榴歌〉詩：「石榴香老愁寒霜。」

7. 簌簌：眾多的樣子。

秦觀

字少游，一字太虛，號淮海居士，揚州高郵人，生於宋仁宗皇祐元年（西元一〇四九年），元豐八年（西元一〇八五年）舉進士。元祐初年，蘇軾以賢良方正薦除祕書省正字、兼國史院編修官。紹聖初年，坐黨籍削秩，監處州酒稅，徙郴州，編管橫州，又徙雷州；元符四年（西元一一〇〇年）放還，至藤州卒。秦觀詞多寫男女情愛或感傷身世，風格秀麗，乃婉約派代表詞家。《苕溪漁隱叢話》：「胡仔云：少游詞雖婉美，然格力失之弱。李清照云：秦詞專主情致，而少故實，譬如貧家美女，雖極妍麗丰逸，而終乏富貴態。」有《淮海詞》一卷，見《六十家詞》刊本。又《淮海居士長短句》三卷，有《四部叢刊》本及《彊村叢書》本。又有王敬之刊本、北平圖圖書館影印宋本、葉遐庵影宋校本。

望海潮

梅英疏淡，冰澌溶洩，東風暗換年華。金谷俊遊，銅駝巷陌[1]，新晴細履平沙。長記誤隨車，正絮翻蝶舞，芳思交加。柳下桃蹊[2]，亂分春色到人家。

西園[3]夜飲鳴笳，有華燈礙月，飛蓋妨花。蘭苑[4]未空，行人漸老，重來是事[5]堪嗟。煙暝酒旗斜，但倚樓極目，時見棲鴉。無奈歸心。暗隨流水到天涯。

【注釋】

1. 金谷、銅駝：金谷，洛陽園名。晉代石崇所建，金谷澗中。離城十里，中有清泉茂林，果樹藥草，金田十頃，豬雞鵝羊無數。石崇常宴請賓客於園中，登高臨水，飲酒賦詩。銅駝，洛陽街名。古時洛陽有銅駝街，冠蓋雲集，繁榮豪華，據說立二銅駝在宮外四叉路口，夾路相對，稱為「銅駝陌」。駱賓王〈豔情代郭氏答盧照鄰〉詩：「金谷園中花幾色，銅駝路上柳千條。」
2. 桃蹊：指種有桃樹的道路。《史記．李廣傳》引諺語：「桃李不言，下自成蹊。」
3. 西園：曹植詩：「清夜遊西園，飛蓋相追隨。」
4. 蘭苑：美麗的花園，此處指金谷園。
5. 是事：許多事。

八六子[1]

倚危亭、恨如芳草[2]，萋萋剗[3]盡還生。念柳外青驄別後，水邊紅袂分時，愴然暗驚。　無端天與娉婷[4]，夜月一簾幽夢，春風十里柔情。怎奈向[5]歡

娛，漸隨流水，素絃聲斷，翠綃香減。那堪片片飛花弄晚，濛濛殘雨籠晴。正銷凝[6]，黃鸝又啼數聲[7]。

【注釋】

1. 八六子：一名〈八九子〉、〈感黃鸝〉。《詞譜》：「秦觀詞有『黃鸝又啼數聲』句，又名〈感黃鸝〉。」
2. 恨如芳草：李煜〈清平樂〉詞：「離恨恰如芳草，漸行漸遠還生。」
3. 剗：音同「產」，消滅的意思。
4. 娉婷：美貌，指美人。杜甫〈贈別〉詩：「不惜嫁娉婷。」
5. 怎奈向：宋人方言，向，向來的意思。向字語尾，後人誤改作怎奈何。
6. 銷凝：含悶。
7. 黃鸝又啼數聲：杜牧〈八六子〉末句：「正銷魂，梧桐又移翠陰。」秦觀摹仿杜詞。洪邁《容齋四筆》：「秦少游〈八六子〉詞云：『片片飛花弄晚，濛濛殘雨籠晴。正銷凝，黃鸝又啼數聲。』語句清峭，為名流推激。予家舊有《建本蘭畹曲集》，載杜牧之一詞，但記其末句云：『正消魂，梧桐又移翠陰。』秦公蓋效之，似差不及也。」

滿庭芳[1]

山抹微雲，天黏衰草，畫角[2]聲斷譙門[3]。暫停征棹，聊共引離尊。多少蓬萊舊事，空回首、煙靄紛紛。斜陽外，寒鴉萬點，流水繞孤村。　消魂，當此際，香囊[4]暗解，羅帶輕分。漫贏得青樓，薄倖名存[5]。此去何時見也？襟袖上、空惹啼痕。傷情處，高城望斷，燈火已黃昏。

【注釋】

1. 滿庭芳：《詞譜》：「此調有平韻、仄韻兩體。平韻者，周邦彥詞名〈鎖陽臺〉。葛立方詞有『要看黃昏庭院，橫斜映霜月朦朧』句，名〈滿庭霜〉。晁補之詞有『堪與瀟湘暮雨，圖上畫扁舟』句，名〈瀟湘夜雨〉。韓淲詞有『甘棠遺愛，留與話桐鄉』句，名〈話桐鄉〉。吳文英詞因蘇軾詞有『江南好，千鐘美酒，一曲滿庭芳』句，名〈江南好〉。張埜詞名〈滿庭花〉。《太平樂府》注中呂宮，高拭詞注中呂調。仄韻者，《樂府雅詞》名〈轉調滿庭芳〉。」
2. 畫角：在此指軍樂。畫角原是樂器，傳自西羌，形狀如牛羊角一般，以竹木或皮革、銅等物所製，表面外加彩繪，故稱畫角。因吹奏時發出嗚嗚之聲，古時軍中用以警戒、傳令、指揮，也經常用於帝王出巡的前導。
3. 譙門：城門上用以望遠的高樓，今城市中有鼓樓，正與譙門同。《漢書．陳勝項籍傳》：「攻陳，陳守令皆不在，獨守丞與戰譙門中。」也稱為「樵樓」、「譙樓」。
4. 香囊：繁欽〈定情詩〉：「何以致叩叩，香囊繫肘後。」
5. 薄倖名存：杜牧〈遣懷〉詩：「十年一覺揚州夢，贏得青樓薄倖名。」

滿庭芳

曉色雲開，春隨人意，驟雨纔過還晴。古臺芳榭，飛燕蹴[1]紅英。舞困榆錢[2]自落，鞦韆外、綠水橋平。東風裡，朱門映柳，低按小秦箏。　多情，行樂處，珠鈿翠蓋，玉轡紅纓。漸酒空金榼[3]，花困蓬瀛[4]。豆蔻梢頭[5]舊恨，十年夢、屈指堪驚。憑闌久，疏煙淡日，寂寞下蕪城[6]。

【注釋】

1. 蹴：音同「促」，踢的意思。
2. 榆錢：榆莢。榆莢成串如錢，故稱為榆錢。
3. 榼：音同「科」，一種酒器。
4. 蓬瀛：蓬指蓬萊，瀛指瀛洲，皆傳說中的仙山。在此指飲酒之地。
5. 豆蔻梢頭：枝頭的豆蔻花。比喻美人年輕富幻想的時候。杜牧〈贈別〉詩：「娉娉嫋嫋十三餘，豆蔻梢頭二月初。春風十里揚州路，卷上珠簾總不如。」楊慎《丹鉛總錄》云：「牧之詩咏娼女，言美而少，如豆蔻花之未開。」
6. 蕪城：指揚州城。南朝宋竟陵王亂後，城邑荒蕪，鮑照作〈蕪城賦〉憑弔。

減字木蘭花

天涯舊恨，獨自淒涼人不問。欲見回腸，斷盡金鑪小篆香[1]。　黛蛾[2]長斂，任是春風吹不展。困倚危樓，過盡飛鴻字字愁。

【注釋】

1. 篆香：將香做成篆文，準十二辰，凡一百刻，可燃一晝夜。也做「香篆」。李清照〈滿庭霜・小閣藏春〉詞：「篆香燒盡，日影下簾鉤。」
2. 黛蛾：指眉，女子以黛色畫眉，漢宮人掃青黛蛾眉，比喻美女。見《事文類聚》。

浣溪沙

漠漠輕寒上小樓，曉陰無賴[1]似窮秋，淡煙流水畫屏幽。　自在飛花輕似夢，無邊絲雨細如愁，寶簾閒掛小銀鉤。

【注釋】

1. 無賴：形容無聊。南朝陳徐陵〈烏棲曲〉二首之二：「唯憎無賴汝南雞，天河未落猶爭啼。」

阮郎歸

湘天風雨破寒初，深沉庭院虛。麗譙[1]吹罷〈小單于〉[2]，迢迢清夜徂[3]。鄉夢斷，旅魂孤，崢嶸[4]歲又除。衡陽猶有雁傳書，郴陽[5]和雁無。

【注釋】

1. 麗譙：美麗的樓門。
2. 小單于：唐曲有〈小單于〉。
3. 徂：過去、以往之意。《詩經・豳風・東山》：「我徂東山，慆慆不歸。」
4. 崢嶸：冷冽的樣子。
5. 郴陽：今湖南省郴縣，在衡陽南。

晁元禮

其名一作端禮，字次膺，先祖澶州清豐（今河南徐州）人，徙家彭門（今江蘇徐州）。生於慶曆六年（西元一〇四六年），熙寧六年（西元一〇七三年）舉進士。兩為縣令，因忤上官，廢徙。晚年以承事郎為大晟府協律。擅寫詞，有《閒齋琴趣》六卷。

綠頭鴨[1]

晚雲收，淡天一片琉璃。爛銀盤[2]、來從海底，皓色千里澄輝。瑩無塵、素娥淡佇，靜可數、丹桂參差。玉露初零，金風未凜，一年無似此佳時。露坐久、疏螢時度，烏鵲[3]正南飛。瑤臺冷，闌干憑暖，欲下遲遲。　念佳人、音塵別後，對此應解相思。最關情、漏聲正永，暗斷腸、花陰偷移。料得來宵，清光未減，陰晴天氣又爭知。共凝戀、如今別後，還是隔年期。人強健，清尊素影，長願相隨。

【注釋】

1. 鴨頭綠：詞牌名，即〈多麗〉。《苕溪漁隱叢話》曰：「中秋詞，自東坡〈水調歌頭〉一出，餘詞盡廢。然其後亦豈無佳詞？如晁次膺〈綠頭鴨〉，詞殊清婉，但樽俎歌喉，以其篇長，憚唱，故淹沒無聞焉。」
2. 爛銀盤：形容亮似銀色的圓盤，即指月亮。見盧仝〈月蝕〉詩：「爛銀盤從海底出。」
3. 烏鵲：見曹操〈短歌行〉：「月明星稀，烏鵲南飛。」

趙令畤

字德麟，自號聊復翁，為宋太祖次子燕王德昭之玄孫。皇祐三年（西元一〇五一年）出生。元祐六年（西元一〇九一年），簽書潁州公事，當時蘇軾唯潁州太守，兩人交遊。後來因元祐黨爭被廢十年。紹興初，襲封安定郡王同知行在大宗正事。薨，贈開府儀同三司。工詩詞，特點在於柔婉清麗。有《聊復集》，今不傳。近趙萬里輯得一卷。

蝶戀花

欲減羅衣寒未去，不捲珠簾，人在深深處。紅杏枝頭花幾許？啼痕止恨清明雨。　盡日沉煙香[1]一縷，宿酒醒遲[2]，惱破春情緒。飛燕又將歸信誤，小屏風上西江路。

【注釋】

1. 沉煙香：沉香，植物名。瑞香科沉香屬。常綠喬木，葉披針形或倒卵形，互生，全緣。繖形花序無梗，花黃綠色，花被鐘形，五裂。蒴果倒卵形，密被絨毛，二裂。其木材色白，輕軟，但具內涵韌皮部，與真菌共生後變黑色，為著名香料。因置於水中會下沉，所以稱為「沉香」。又可用來治療嘔吐、氣喘等病症。也稱為「蜜香」、「奇南香」、「伽南香」、「伽羅」、「沉水」、「沉水香」、「水沉」。

2. 宿酒醒遲：指酒後宿醉，醒來仍有醉意，睡醒已遲。

蝶戀花

捲絮風頭寒欲盡，墜粉飄香，日日紅成陣。新酒又添殘酒困，今春不減前春恨。　蝶去鶯飛無處問，隔水高樓，望斷雙魚[1]信。惱亂橫波秋一寸[2]，斜陽只與黃昏近。

【注釋】

1. 雙魚：書信。古詩：「客從遠方來，遺我雙鯉魚，呼兒烹鯉魚，中有尺素書。」
2. 秋一寸：指眼睛。

清平樂

春風依舊，著意隋堤柳[1]。搓得鵝兒黃[2]欲就，天氣清明時候。　去年紫陌青門[3]，今宵雨魄雲魂[4]。斷送一生憔悴，只消幾箇黃昏？

【注釋】

1. 隋堤柳：隋煬帝開通濟渠，沿渠築堤，堤上植柳。
2. 鵝兒黃：指柳條之花顏色鵝黃。
3. 紫陌青門：指遊冶之處。
4. 雨魄雲魂：人去似雨收雲散。

晁補之

字无咎，濟州鉅野（今山東）人，生於皇祐五年（西元一〇五三年）。年十七，從父端友宰杭州之新城，著《錢塘七述》，受知於蘇軾。元豐二年（西元一〇七九年）舉進士，試開封及禮部別院，皆第一。元祐中，為著作郎。紹聖末，謫信州酒稅，起知泗州。工書畫，能詩文，與張耒、黃庭堅、秦觀，並稱「蘇門四學士」。《六十一家詞選例言》：「晁无咎所為詩餘，無子瞻之高華，而沉咽則過之。」有《琴趣外篇》六卷，見汲古閣刊本，又見雙照樓景宋元明本詞本。

水龍吟 次韻林聖予〈惜春〉

問春何苦匆匆，帶風伴雨如馳驟。幽葩細萼，小園低檻，壅培[1]未就。吹盡繁紅，占春長久，不如垂柳。算春長不老，人愁春老，愁只是、人間有。

春恨十常八九，忍輕孤、芳醪[2]經口。那知自是、桃花結子，不因春瘦。世上功名，老來風味，春歸時候。最多情猶有，尊前青眼[3]，相逢依舊。

【注釋】

1. 壅培：在植物根部覆蓋泥土，加強穩固，以免倒伏。
2. 醪：音同「牢」，指酒。
3. 青眼：喜悅實正目而視，眼多青處。晉阮籍能為青白眼。

憶少年[1] 別歷下[2]

無窮官柳，無情畫舸，無根行客。南山尚相送，只高城人隔。

罨畫[2]園林溪紺[3]碧，算重來、盡成陳跡。劉郎[4]鬢如此，況桃花顏色。

【注釋】

1. 憶少年：《詞譜》：「〈憶少年〉，万俟詠詞，有『上隴首、凝眸天四闊』句，名〈隴首山〉；朱敦儒詞，名〈十二時〉；元劉秉忠詞，有『恨桃花流水』句，更名〈桃花曲〉。」
2. 歷下：指山東歷城縣。

3. 罨畫：罨，音同「演」。畫家謂彩色之畫為罨畫。

4. 紺：紅青色。

5. 劉郎：劉禹錫〈元和十一年自朗州召至京贈看花諸君子〉詩：「玄都觀裡桃千樹，盡是劉郎去後栽。」

洞仙歌 泗州中秋作1

青煙冪2處，碧海飛金鏡。永夜閒階臥桂影。露涼時，零亂多少寒螿3，神京遠，惟有藍橋4路近。水晶簾不下，雲母屏5開，冷浸佳人淡脂粉。待都將、許多明月，付與金尊，投曉共、流霞5傾盡。更攜取胡牀、上南樓6，看玉做人間，素秋千頃。

【注釋】

1. 泗州中秋作：毛晉《琴趣外編跋》：「无咎，大觀四年卒於泗州官舍，自畫山水留春堂大屏，上題云：『胸中正可吞雲夢，盞底何妨對聖賢；有意清秋入衡霍，為君無盡寫江天。』又詠〈洞仙歌〉一闋，遂絕筆。」

2. 冪：音同「密」，遮蓋。

3. 寒螿：螿，音同「江」。寒蟲。

4. 藍橋：今陝西省藍田縣東南溪上的一座橋。相傳唐代裴航落第，經藍橋驛，在此遇仙女雲英，求得玉杵臼搗藥，後來兩人結為仙侶。見《太平廣記》。後以藍橋比喻為戀人結為美好姻緣的途徑。

5. 雲母屏：雲母為花崗岩，晶體透明，可以製作屏風。

6. 流霞：仙酒名，見《抱朴子》。唐孟浩然〈清明日宴梅道士房〉詩：「童顏若可駐，何惜醉流霞。」

7. 南樓：晉庾亮與僚屬於秋夜登南樓歌詠戲謔。見《晉書．庾亮傳》。後指吟詠歡娛的場所。

晁沖之

字叔用，一字用道，晁補之之弟，鉅野（今山東）人。生卒年不詳。少年豪放，遊帝京，狎官妓李師師，纏頭千萬，酒船歌板，聲豔一時。第進士，坐黨籍，遭謫逐，廢居具茨山下。近趙萬里輯有《晁叔用詞》一卷。

臨江仙

憶昔西池池上飲，年年多少歡娛。別來不寄一行書，尋常相見了，猶道不如初。　安穩錦衾今夜夢，月明好渡江湖。相思休問定何如？情知春去後，管得落花無。

舒亶

字信道，號懶堂，明州慈溪（今浙江寧波）人。慶曆元年（西元一〇四一年）生，治平二年（西元一〇六五年）進士，試禮部第一，授臨海縣尉。神宗朝，為御史中丞、權直學士院。徽宗朝，累除龍圖閣待制。曾與李定彈劾蘇軾，史稱烏臺詩案。能詞，以小令見長。近趙萬里輯有《舒學士詞》一卷。

虞美人[1]

芙蓉落盡天涵水[2]，日暮滄波起。背飛雙燕貼雲寒，獨向小樓東畔、倚闌看。

浮生只合尊前老，雪滿長安道。故人早晚上高臺，寄我江南春色、一枝梅。

【注釋】

1. 虞美人：〈虞美人〉，詞牌名，又名〈一江春水〉、〈玉壺水〉、〈巫山十二峰〉等。此調為唐代教坊曲，始詞見於敦煌曲子詞。《碧雞漫志》：「《脞說》稱起於項籍〈虞兮〉之歌。予謂後世以此命名可也，曲起於當時，非也。……按《益州草木記》：『雅州名山縣，出虞美人草，如雞冠花。葉兩兩相對，為唱〈虞美人〉曲，應拍而舞，他曲則否。』賈氏《談錄》：『褒斜山谷中有虞美人草，狀如雞冠，大葉相對，或唱〈虞美人〉，見兩葉如拊掌之狀，頗中節拍。』《東齋記事》云：『虞美人草，唱他曲亦動，傳者過矣。』予考六家說，各有一同。……舊曲固非虞姬作，若便謂下音俚調，嘻其甚矣。」

2. 天涵水：見孟浩然〈望洞庭湖贈張丞相〉詩：「八月湖水平，涵虛混太清。」

朱服

字行中，烏程（今浙江湖州）人。熙寧六年（西元一〇七三年）進士。哲宗朝，歷中書舍人、禮部侍郎。徽宗朝，加集賢殿修撰。知廣州，黜知袁州，再貶蘄州，一再貶官，改興國軍卒。曾與蘇軾交遊往來。《全宋詞》僅存其詞一首。《泊宅篇》：「朱行中自右史出典數郡，是時年尚少，風采才藻皆秀整。守東陽日，嘗作〈漁家傲·春詞〉云云。予以門下士，每或從公。公往往乘醉大言：『你曾見我「而今樂事他年淚」否？』蓋公自謂好句，故誇之也。予嘗心惡之而不敢言。行中後歷中書舍人，帥番禺，遂得罪，安置興國軍以死。流落之兆，已見於此詞。」

漁家傲 1

小雨纖纖風細細，萬家楊柳青煙裡。戀樹溼花飛不起，愁無際，和春付與東流水。九十光陰能有幾？金龜[2]解盡留無計。寄語東陽[3]沽酒市，拚一醉，而今樂事他年淚。

【注釋】

1. 漁家傲：《詞譜》：「〈漁家傲〉，明蔣氏《九宮譜目》，入中呂引子。按，此調始自晏殊，因詞有『神仙一曲漁家傲』句，取以為名。」龍榆生《唐宋詞格律》：「〈漁家傲〉，北宋流行歌曲。有用以作『十二月鼓子詞』者。」
2. 金龜：唐代三品以上官員所佩的金飾龜袋。見《舊唐書．輿服志》
3. 東陽：今日浙江金華縣。

毛滂

字澤民，號東堂，衢州江山石門鎮（今浙江江山市）人，約生於嘉祐五年（西元一〇六一年），為杭州法曹。蘇軾兄弟與毛父為世交，因此多加薦舉。後乃出京、抃之門，元符二年（西元一〇九九年）知武康縣。政和中，守嘉禾。其詞受蘇軾、柳永影響，秀雅飄逸，自然深摯。著有《東堂詞》，見《六十家詞》刊本及《彊村叢書》刊本。

惜分飛[1] 富陽[2]僧舍作別語贈妓瓊芳

淚溼闌干[3]花著露，愁到眉峰碧聚。此恨平分取，更無言語空相覷[4]。　斷雨殘雲無意緒，寂寞朝朝暮暮。今夜山深處，斷魂分付潮回去。

【注釋】

1. 惜分飛：《詞譜》：「賀鑄詞名〈惜雙雙〉，劉弇詞名〈惜雙雙令〉，曹冠詞名〈惜芳菲〉。」《詞林紀事》：「樓敬思書毛滂〈惜分飛〉詞後云：『《東堂集》「淚溼闌干」詞，花庵詞客採入《唐宋絕妙詞》。其《詞話》云：「元祐中，東坡守錢塘，澤民為法曹椽，秩滿辭去，是夕宴客，有妓歌此詞，坡問誰所作？妓以毛法曹對。坡語坐客曰：『郡寮有詞人不及知，某之罪也。』翌日，折東追還，留連數日。澤民因此得名。」余謂黃昇宋人，其援據不應若是之疏也。按蘇公詩集有〈次韻毛滂法曹感語〉詩：『公子豈我徒，衣缽傳一簞。定非郊與島，筆勢江湖寬。悲吟古寺中，穿帷雪漫漫。他年記此味，芋火對懶殘。』所謂古寺，度即富陽之寺也。公以郊、島目滂，以韓自況，衣缽云云，傾倒者至矣。然則蘇公知滂不在〈惜分飛〉詞，而滂知受知於蘇公，又豈待〈惜分飛〉哉。」
2. 富陽：今杭州縣縣南，濱錢塘江西北岸。江流至此，又名富春江。
3. 闌干：形容落淚，淚水滿面縱橫。白居易〈長恨歌〉：「玉容寂寞淚闌干。」
4. 覷：視也。

陳克

字子高，自號赤城居士，臨海人，生於元豐四年（西元一〇八一年），僑居金陵。紹興中為勅令所刪定官。有《赤城詞》一卷，見《彊村叢書》刊本，又有趙萬里輯本。

菩薩蠻

赤闌橋盡香街直，籠街細柳嬌無力。金碧[1]上青空，花晴簾影紅。　黃衫[2]飛白馬，日日青樓[3]下。醉眼不逢人，午香吹暗塵。

【注釋】

1. 金碧：楊柳。
2. 黃衫：隋唐時流行的少年華貴之服。《唐書．禮樂志》言明皇嘗以馬百匹施三重榻，舞傾杯數十回，又以樂工少年姿秀者十餘人，衣黃衫、文玉帶立左右。
3. 青樓：塗飾青漆的樓房，在此指豪貴之家。《晉書．麴允傳》：「與游氏世為豪族，西州為之語曰：『麴與游，牛羊不數頭，南開朱門，北望青樓。』」

菩薩蠻

玉鉤雙

綠蕪牆繞青苔院，中庭日淡芭蕉捲。蝴蝶上階飛，烘簾[1]自在垂。
語燕，寶甃[2]楊花轉。幾處簸錢[3]聲，綠窗春睡輕。

【注釋】

1. 烘簾：暖簾。
2. 甃：甃，音同「宙」，瓦溝。
3. 簸錢：古代一種遊戲，擲錢以定輸贏。王建〈宮詞〉云：「暫向玉華階上坐，簸錢贏得兩三籌。」

李元膺

東平（今山東）人，南京教官，生平未詳。紹聖間，李孝美作《墨譜法式》，元膺為序，蓋此時人也。趙萬里輯有《李元膺詞》一卷。

洞仙歌

一年春物，惟梅柳間意味最深。至鶯花爛漫時，則春已衰遲，使人無復新意。余作〈洞仙歌〉，使探春者歌之，無後時之悔。

雪雲散盡，放曉晴庭院。楊柳於人[1]便青眼[2]。更風流多處，一點梅心，相映遠，約略顰輕笑淺。

一年春好處，不在濃芳，小豔疏香最嬌軟。到清明時候、百紫千紅，花正亂，已失春風一半[3]。早占取韶光、共追遊，但莫管春寒，醉紅自暖。

【注釋】

1. 於人：《詞統》：「『於人』二字，本杜詩『竹葉於人既無分，菊花從此不須開』。」
2. 青眼：喜悅時正目而視，眼多青處。晉阮籍能為青白眼。
3. 一半：《詞統》：「『一半』句似黃玉林『夜來能有幾多寒？已瘦了梨花一半』。」

時彥

字邦美，開封人。少年好學，舉進士第，曾因出使遼國失職而免官，後官復集賢院校理，提點河東刑獄。因遭彈劾收受遼國賞賜不報，再度罷官。宋徽宗時召為吏部員外郎，累官吏部尚書，嘗為開封尹，盜賊斂跡，監獄屢空。《宋史》有傳。

青門飲[1]

胡馬嘶風，漢旗翻雪，彤雲[2]又吐，一竿殘照。古木連空，亂山無數，行盡暮沙衰草。星斗橫幽館，夜無眠、燈花空老。霧濃香鴨[3]，冰凝淚燭，霜天難曉。

長記小妝[4]纔老，一杯未盡，離懷多少。醉裡秋波，夢中朝雨[5]，都是醒時煩惱，料有牽情處，忍思量，耳邊曾道：甚時躍馬歸來，認得迎門輕笑。

【注釋】

1. 青門飲：詞牌名。《詞譜》：「調見《淮海詞》。黃裳詞，亦名〈青門引〉，然與〈青門引〉令詞不同。」
2. 彤雲：彤，紅色。紅雲。
3. 香鴨：鑄造成鴨子形狀的香爐。
4. 小妝：淡妝。
5. 朝雨：語出宋玉〈高唐賦〉：「旦為朝雲，暮為行雨。」

李之儀

字端叔，自號姑溪居士，為李之純從弟，滄州無棣（今山東）人。宋神宗年間舉進士，元祐初為樞密院編修官，從蘇軾於定州幕府，與黃庭堅、秦觀等人交往甚密。元符年間，監內香藥庫。徽宗朝提舉河東常平，坐草范純仁遺表，後因蔡京迫害獲罪，編管太平州（今安徽當塗）卒。其詞清婉峭雋，主張學習晏殊、歐陽修，追求「語盡而意不盡，意盡而情不盡」。著有《姑溪詞》，見《六十家詞》刊本。

謝池春[1]

殘寒消盡，疏雨過、清明後。花徑款[2]餘紅，風沼縈新皺。乳燕穿庭戶，飛絮沾襟袖。正佳時，仍晚晝，著人滋味，真箇濃如酒。　頻移帶眼[3]，空只恁、厭厭[4]瘦。不見又思量，見了還依舊，為問頻相見，何似長相守。天不老，人未偶，且將此恨，分付庭前柳。

【注釋】

1. 謝池春：《詞譜》：「李石詞，名〈風中柳〉；《高麗史》無名氏詞，名〈風中柳令〉；孫道絢詞，名〈玉蓮花〉；黃澄詞，名〈賣花聲〉。」

2. 款：留的意思。
3. 帶眼：沈約與徐勉書：「老病百日數旬，革帶常應遺孔。」見《南史》本傳。
4. 厭厭：虛弱生病的樣子。

卜算子

我住長江頭，君住長江尾；日日思君不見君，共飲長江水。　此水幾時休？此恨何時已？只願君心似我心，定不負相思意。

周邦彥

字美成，號清真居士。錢塘（今杭州浙江）人。元豐中獻〈汴都賦〉，召為太學正。徽宗朝，仕至徽猷閣待制，提舉大晟府。出知順昌府，提舉洞霄宮。審定古調、討論古音，此時創作量最大，被後人稱為「詞家之冠」。其詞作題材主要以風月相思、羈旅行役、寫景詠物為主，喜好用典，善於將前人詩句、舊句融入詞中。《後村詩話》：「美成頗偷古句。」《詞源》：「美成詞渾厚和雅，善於融化詩句。」劉肅

《片玉集》注：「其微辭引類，推古誇今，或借詞用意，言言皆有來歷，真足冠冕詞林。」周邦彥在音律上善於創調，格律嚴整，被譽為「詞家正宗」，為婉約派代表詞人。王國維《人間詞話》：「美成深遠之致，不及歐、秦，唯言情體物，窮極工巧，故不失為第一流之作者；但恨創調之才多，創意之才少耳。」著有《片玉詞》二卷，《補遺》一卷，見《六十家詞》刊本。又有《西泠詞萃》本，又《清真詞》二卷、附《集外詞》一卷，有四印齋所刻本。又《詳注片玉集》十卷，有涉園景宋金元明本詞續刊本及《彊村叢書》本。又大鶴山人有《清真詞》校本。南宋詞人陳郁《藏一話腴》讚周邦彥：「二百年來樂府獨步，貴人學士市儇妓女，知美成詞為可愛。」清末詞人朱祖謀評價《清真詞》：「兩宋詞人，約可分為疏、密兩派，清真介在疏密之間，與東坡、夢窗，分鼎三足。」

瑞龍吟[1]

章臺路[2]，還見褪粉梅梢，試花[3]桃樹。愔愔[4]坊陌[5]人家，定巢燕子，歸來舊處。

黯凝佇，因念箇人[6]癡小，乍窺門戶。侵晨淺約宮黃[7]，障風映袖，盈盈笑語。

前度劉郎重到[8]，訪鄰尋里，同時歌舞，惟有舊家秋娘[9]，聲價如故。吟箋賦筆，猶記燕臺句[10]。知誰伴、名園露飲[11]，東城閒步？事與孤鴻去[12]，探春盡是，傷離意緒。官柳低金縷[13]，歸騎晚，纖纖池塘飛雨。斷腸院落，一簾風絮14。

【注釋】

1. 瑞龍吟：詞牌名，周邦彥創調，又稱〈章臺路〉，因此曲而得名。
2. 章臺路：漢時長安章臺下街名，為歌樓酒館所在地。
3. 試花：形容花朵初開。
4. 愔愔：音同「因」，形容安靜貌。
5. 坊陌：《詞品》：「唐制，妓女所居曰坊曲。《北里志》有南曲、北曲，如今之南院、北院也。宋陳敬叟詞：『窈窕青門紫曲。』周美成詞：『小曲幽坊月暗。』又：『愔愔坊曲人家。』近刻《草堂詩餘》，改作『坊陌』，非也。」
6. 箇人：伊人，那個人。
7. 宮黃：宮人用以塗眉之黃粉。梁簡文帝詩曰：「約黃能效月。」蜀張泌詞：「依約殘眉理舊黃。」
8. 前度劉郎重到：劉郎指唐代詩人劉禹錫。劉禹錫〈元和十年自朗州承召至京贈看花諸君子〉詩：「紫陌紅塵拂面來，無人不道看花回。玄都觀裡桃千樹，盡是劉郎去後栽。」又有〈再遊玄都觀絕句並引〉曰：「余貞元二十一年為屯田員外郎，時此觀未有花。是歲出牧連州，尋貶朗州司馬，居十年。召至京師，人人皆言有道士手植仙桃，滿觀如紅霞，遂有前篇以志一時之事。旋又出牧，今十有四年，復為主客郎中，重遊玄都，蕩然無復一樹，惟菟葵燕麥動搖於春風耳，因再題二十八字，以俟後遊。時大和二年三月。」詩云：「百畝中庭半是苔，桃花淨盡菜花開。種桃道士歸何處？前度劉郎今又來。」
9. 秋娘：泛指金陵歌妓。唐詩人元稹、白居易、杜牧的詩作中，屢次提到「謝秋娘」、「杜秋娘」，推估謝、杜等是歌妓姓氏，秋娘二字則是歌女的代稱。

10. 燕臺句：指唐李商隱〈贈柳枝〉詩：「常吟遠下燕臺句，惟有花香染未消。」
11. 露飲：露天席地，坐下飲酒。陳元龍注引《筆談》中石曼卿露頂而飲。
12. 事與孤鴻去：杜牧〈題安州伏雲寺樓寄湖州張郎中〉詩：「恨如春草多，事逐孤鴻去。」
13. 官柳低金縷：官柳，指官道上種植的楊柳。金縷，初春時節柳條嫩黃。形容柳條如金線般垂拂。
14. 風絮：即柳絮。

風流子[1]

新綠小池塘，風簾動、碎影舞斜陽。羨金屋[2]去來，舊時巢燕；土花[1]繚繞，前度莓牆[3]。繡閣裡、鳳幃深幾許？聽得理絲簧[3]。欲說又休，慮乖芳信；未歌先噎，愁近清觴[4]。

遙知新妝了，開朱戶、應自待月[5]西廂。最苦夢魂，今宵不到伊行。問甚時說與，佳音密耗，寄將秦鏡[6]，偷換韓香[7]？天便教人，霎時廝見何妨！

【注釋】

1. 風流子：又名〈內家嬌〉、〈神仙伴侶〉、〈驪山石〉等。《詞苑叢談》云：「調名出自《文選》。」《詞譜》：「〈風流子〉，唐教坊曲名。單調者，唐詞一體。」

2. 金屋：形容屋宇的華美。北周庾信〈春賦〉：「出麗華之金屋，下飛燕之蘭宮。」在此飲用漢武帝與皇后陳阿嬌金屋藏嬌的故事。漢武帝幼時欲建華麗的宮殿給表妹阿嬌居住，後指營建華屋給所愛的女子住。

3. 土花：土中之花。李賀〈金銅仙人辭漢歌〉詩：「三十六宮土花碧。」王建〈宮詞〉詩：「水中荷葉土中花。」

4. 莓牆：長滿青苔的牆壁。

5. 絲簧：管絃樂器。

6. 清觴：觴，音同「商」，酒盞、酒杯。潔淨的酒杯。

7. 待月：鶯鶯與張生詩：「待月西廂下，迎風戶半開。」見《會真記》。

8. 秦鏡：漢秦嘉之妻徐淑贈夫明鏡，秦嘉賦詩答謝。樂府：「盤龍明鏡餉秦嘉，辟惡生香寄韓壽。」

9. 韓香：晉朝賈充之女賈午愛韓壽，贈香與壽。賈充聞壽身上有香，知女兒所贈，因將賈午許配給韓壽。見《晉書》。

蘭陵王[1]

柳陰直，煙裡絲絲弄碧。隋堤[2]上、曾見幾番，拂水飄緜送行色。登臨望故國，誰識？京華倦客。長亭路、年去歲來，應折柔條過千尺。　閒尋舊蹤迹，又酒趁哀絃，燈照離席，梨花榆火[3]催寒食。愁一箭風快，半篙波暖，回頭迢遞便數驛，望人在天北。　淒惻，恨堆積。漸別浦縈回，津堠[4]岑寂，斜陽冉冉春無極。念月榭攜手，露橋聞笛，沉思前事，似夢裡、淚暗滴。

【注釋】

1. 蘭陵王：詞牌名。《詞譜》：「〈蘭陵王〉，唐教坊曲名。《碧雞漫志》：『《北齊史》及《隋唐嘉話》稱齊文襄之長子長恭封蘭陵王，與周師戰，嘗著假面對敵。擊周師金墉城下，勇冠三軍，武士共歌謠之，曰〈蘭陵王入陣曲〉。』」
2. 隋堤：隋煬帝時沿通濟渠、邗溝河岸修築的御道，道旁植楊柳，後人謂之隋堤。韓琮〈楊柳枝〉詩：「梁苑隋堤事已空，萬條猶舞舊東風。」蘇軾〈江城子〉詞：「隋堤三月水溶溶。背歸鴻，去吳中。」李漁〈憐香伴・婚始〉：「翩翩之子歸，正桃夭節候，紅滿隋堤。」
3. 榆火：清明取榆柳之火賜近臣，順陽氣。見《唐會要》。《雲笈七籤》：「清明依日取榆柳作薪煮食名曰換薪火，以取一年之利。」
4. 津堠：水邊土堡。

瑣窗寒[1]

暗柳啼鴉，單衣佇立，小簾朱戶。桐花半畝，靜鎖一庭愁雨。灑空階、夜闌未休，故人翦燭西窗語[2]。似楚江暝宿，風燈零亂[3]，少年羈旅。　遲暮，嬉遊處。正店舍無煙，禁城百五[4]。旗亭[5]喚酒，付與高陽儔侶[6]。想東園、桃李自春，小脣秀靨[7]今在否？到歸時、定有殘英，待客攜尊俎[8]。

【注釋】

1. 瑣窗寒：詞牌名。《詞譜》：「一名〈鎖寒窗〉，調見《片玉集》，蓋寒食詞也。因詞有『靜鎖一庭愁雨』及『故人翦燭西窗雨』句，取以為名。」
2. 翦燭西窗語：見李商隱〈夜雨寄北〉詩：「何當共剪西窗燭，卻話巴山夜語時。」
3. 風燈零亂：見杜甫〈船下夔州郭宿雨溼不得上岸別王十二判官〉詩：「風起春燈亂。」
4. 正店舍無煙，禁城百五：南朝梁宗懍《荊楚歲時記．二月》：「去冬節一百五日，即有疾風甚雨，謂之寒食，禁火三日，造餳大麥粥。」元稹〈連昌宮詞〉詩：「初過寒食一百六，店舍無煙宮樹綠。」
5. 旗亭：指酒樓。古時酒樓，樓外懸旗，故稱為「旗亭」。
6. 高陽儔侶：漢酈食其以儒冠見沛公劉邦，劉邦以其為儒生，不見。食其按劍大呼：「我非儒生，乃高陽酒徒也。」劉邦因見之。見《史記》。
7. 小脣秀靨：李賀〈蘭香神女廟〉詩：「濃眉籠小脣。」又〈惱公〉詩：「晚奩妝秀靨。」
8. 攜尊俎：尊俎，古代裝盛酒水與食物的器具。《禮記．樂記》：「鋪筵席，陳尊俎，列籩豆。」

六醜[1] 薔薇謝後作

正單衣試酒，悵客裡、光陰虛擲。願春暫留，春歸如過翼[2]，一去無迹。為問家何在？夜來風雨，葬楚宮傾國[3]。釵鈿墮處遺香澤，亂點桃蹊，輕翻柳陌。多情為誰追惜？但蜂媒蝶使，時叩窗槅。

東園岑寂，漸蒙籠暗碧[4]，靜繞珍叢[5]底。成歎息。長條故惹行客，似牽衣待話，別情無極。殘英小、強簪巾幘[6]，終不似、一朵釵頭顫嫋，向人欹側。漂流處、莫趁潮汐，恐斷紅[7]、尚有相思字，何由見得？

【注釋】

1. 六醜：詞牌名。《歷代詩餘》：「〈六醜〉，明楊慎易名〈箇儂〉，或分為兩調者非也。」《填詞名解》：「隋煬帝嘲宮婢羅羅詩：『箇儂無賴是橫波。』帝自達廣陵宮中，多效吳音，故稱〈箇儂〉。」周密《浩然齋稚談》：「邦彥曾對宋徽宗云：『此犯六調，皆聲之美者，然絕難歌。昔高陽氏有子六人，才而醜，故以此比之。』」
2. 過翼：飛鳥。
3. 楚宮傾國：比喻落花。
4. 蒙籠暗碧：指綠葉。
5. 珍叢：花叢。

6. 巾幘：幘，音同「則」，古時用來包頭髮的布巾。在此指頭巾。

7. 斷紅：唐盧渥應舉，偶到御溝邊，見溝中流水上紅葉題詩云：「流水何太急，深宮竟日閒。殷勤謝紅葉，好去到人間。」事見《雲溪友議》。

夜飛鵲[1]別情

河橋送人處，涼夜何其。斜月遠、墜餘輝，銅盤燭淚已流盡，霏霏涼露沾衣。相將散離會，探風前津鼓，樹杪參旗[2]。花驄會意，縱揚鞭、亦自行遲。

迢遞路回清野，人語漸無聞，空帶愁歸。何意重經前地，遺鈿不見，斜徑都迷。兔葵燕麥，向斜陽、欲與人齊。但徘徊班草[3]，欷歔[4]酹酒，極望天西。

【注釋】

1. 夜飛鵲：詞牌名，始見《清真詞》。《填詞名解》：「〈夜飛鵲〉，採曹孟德『月明星稀，烏鵲南飛』語。」

2. 參旗，參，星宿名。二十八星宿之一，為西方白虎七宿的最後一宿。參旗，指畫有星辰的旗子。

3. 班草：鋪草而坐。

4. 欷歔：悲歎之音。揚雄《方言》：「哀而不泣謂欷歔。」

滿庭芳 夏日溧水無想山[1]作

風老鶯雛，雨肥梅子[2]，午陰嘉樹清圓。地卑山近，衣潤費鑪煙[3]。人靜烏鳶自樂[3]，小橋外、新綠濺濺[5]。憑闌久，黃蘆苦竹，擬泛九江船[6]。　年年，如社燕[7]，飄流瀚海[8]，來寄修椽[9]。且莫思身外[10]，長近尊前。憔悴江南倦客，不堪聽、急管繁絃。歌筵畔，先安枕簟[11]，容我醉時眠。

【注釋】

1. 無想山：鄭文焯校《清真集》云：「溧水為負山之邑。待制周公，元祐癸酉為邑長於斯。所治後圃，有亭曰姑射，有堂曰蕭閒，皆取神仙中事，揭而名之。此云無想山，蓋亦美成所名，亦神仙家言也。」
2. 雨肥梅子：語出杜甫〈陪鄭廣文遊何將軍山林〉詩：「紅綻雨肥梅。」
3. 衣潤費鑪煙：黃梅時節多雨，氣候陰溼，因此衣服常用熏煙。
4. 人靜烏鳶自樂：語出杜甫詩：「人靜烏鳶樂。」《詞綜偶評》：「『人靜烏鳶自樂』，杜句也。」
5. 濺濺：擬聲詞。形容流水的聲音。〈木蘭詩〉二首之一：「不聞爺孃喚女聲，但聞黃河流水鳴濺濺。」
6. 黃蘆苦竹，疑泛九江船：白居易〈琵琶行〉：「住近湓江地底溼，黃蘆苦竹繞宅生。」《詞綜偶評》：「『黃蘆苦竹』，出香山〈琵琶行〉。」《詞潔》：「黃蘆苦竹，此非詞家所常設字面，至張玉田『意難忘』詞猶特見之，可見當時推許大家者自有在，絕非後人以土泥脂粉為詞耳。」

7. 社燕：社，是指祭祀土地神的節日。古時於立春後第五個戊日為春社，以祈農事豐收。立秋後第五戊日是秋社，酬祭土神。燕子春社來，秋社去，故被稱社燕。

8. 瀚海：今蒙古大沙漠，古稱瀚海，又作翰海。《名義考》：「以飛沙若浪，人馬相失若沉，視猶海然，非真有水之海也。」

9. 修椽：椽，音同「船」，架在桁上用以承接木條及屋頂的木材。修椽，指高大的屋簷。

10. 莫思身外：杜甫〈絕句漫興〉詩：「莫思身外無窮事。」

11. 簟：音同「墊」，竹席。

過秦樓[1]

水浴清蟾[2]，葉喧[3]涼吹，巷陌馬聲初斷。閒依露井[4]，笑撲流螢[5]，惹破畫羅輕扇。人靜夜久憑闌，愁不歸眠，立殘更箭[6]。歎年華一瞬，人今千里，夢沉書遠。

空見說、鬢怯瓊梳，容消金鏡，漸懶趁時勻染。梅風地溽，虹雨苔滋，一架舞紅[7]都變。誰信無聊，為伊才減江淹[8]，情傷荀倩[9]。但明河影下，還看稀星數點。

【注釋】

1. 過秦樓：詞牌名。《詞譜》：「因詞有『曾過秦樓』句，取以為名。一名〈選官子〉。曹勳詞，名

〈轉調選冠子〉；魯逸仲詞，名〈惜餘春慢〉；侯寘詞，名〈蘇武慢〉，一名〈仄韻過秦樓〉。」
2. 清蟾：傳說月中有蟾，以此指明月。
3. 喧：形容風吹樹葉的聲音。
4. 露井：沒有井蓋的水井。
5. 笑撲流螢：語出杜牧〈秋夕〉詩：「輕羅小扇撲流螢。」
6. 更箭：古代以銅壺盛水，壺中立箭以計時刻。《周禮》：「挈壺氏漏水法，更箭以漆桐為之。」
7. 舞紅：指落花。
8. 才減江淹：江淹，人名，南朝梁時人，擅長詩文，風格幽深奇麗，與鮑照較為相近。著有《前後集》及《齊史十志》。《南史》有云：「江淹少時，宿於江亭，夢人授五色筆，因而有文章。後夢郭璞取其筆，自此以為詩無美句，人稱才盡。」
9. 情傷荀倩：《世說》云：「荀奉倩妻曹氏有豔色，妻常病熱，奉倩以冷身熨之。妻亡，嘆曰：『佳人難再得。』人弔之，不哭而神傷，未幾，奉倩亦亡。」

花犯[1]

粉牆低，梅花照眼，依然舊風味。露痕輕綴，疑淨洗鉛華[2]，無限佳麗。去年勝賞曾孤倚，冰盤同燕喜[3]。更可惜、雪中高樹，香篝[4]熏素被。　今年對花最匆匆，相逢似有恨，依依愁悴。吟望久，青苔上、旋看飛墜。相將見、翠丸[5]薦酒，人正在、空江煙浪裡。但夢想、一枝瀟灑，黃昏斜照水[6]。

【注釋】

1. 花犯：詞牌名。《詞譜》：「調始《清真樂府》，周密詞名〈繡鸞鳳花犯〉。」
2. 淨洗鉛華：鉛華，指粉黛等物。見王安石〈梅〉詩：「不御鉛華知國色。」
3. 冰盤同燕喜：指梅子薦酒。韓愈〈李花〉詩：「冰盤夏薦碧實翠。」
4. 香篝：即熏籠。香篝熏宿被，比喻梅花如篝，雪如被。
5. 翠丸：指梅子。
6. 黃昏斜照水：語出林通〈詠梅〉詩：「疏影橫斜水清淺，暗香浮動月黃昏。」

大酺[1]

對宿煙收，春禽靜，飛雨時鳴高屋。牆頭青玉旆[2]，洗鉛霜都盡，嫩梢相觸。潤逼琴絲[3]，寒侵枕障，蟲網吹黏簾竹。郵亭[4]無人處，聽檐聲不斷，困眠初熟。奈愁極頻驚，夢輕難記，自憐幽獨。

行人歸意速，最先念、流潦妨車轂[5]。怎奈向、蘭成[6]憔悴，衛玠[7]清羸，等閒時、易傷心目。未怪平陽客[8]，雙淚落、笛中哀曲。況蕭索、青蕪國[9]，紅糝鋪地[10]，門外荊桃如菽[11]。夜遊共誰秉燭？

【注釋】

1. 大酺：酺，音同「璞」。大酺，詞牌名。《詞譜》：「調見《清真樂府》。按唐教坊曲有〈大酺樂〉，《羯鼓錄》亦有太簇商〈大酺樂〉。宋詞蓋借舊曲名，自製新聲也。」
2. 青玉旆：旆，音同「配」。形容新竹。
3. 潤逼琴絲：王充《論衡》：「天且雨，琴弦緩。」
4. 郵亭：古代傳遞信件的人沿途休息的地方。
5. 流潦妨車轂：指途中積水，車不能行。
6. 蘭成：庾信，小字蘭成，有〈哀江南〉賦。
7. 衛玠：晉人，人聞其名，觀者如堵。先有羸疾，成病而死，年二十七，人以為看殺衛玠。見《世說》。
8. 平陽客：指漢代馬融。馬融性好音樂，能鼓秦吹笛，臥平陽時，聽客舍有人吹笛甚悲，因作〈笛賦〉。見《文選》。
9. 青蕪國：雜草叢生地區。溫庭筠〈春江花月夜詞〉：「花庭忽作青蕪國。」
10. 紅糝：糝，音同「傘」，米粒。紅糝是形容落花。
11. 菽：豆類的總稱。

解語花[1]上元[2]

風消焰蠟，露浥烘鑪[3]，花市光相射。桂華[4]流瓦，纖雲散、耿耿素娥[5]欲下。衣裳淡雅，看楚女、纖腰一把。簫鼓喧、人影參差，滿路飄香麝。　因念都城放夜[6]，望千門如畫，嬉笑遊冶。鈿車羅帕，相逢處、自有暗塵隨馬[7]。年光是也，惟只見、舊情衰謝。清漏移、飛蓋歸來，從舞休歌罷。

【注釋】

1. 解語花：詞牌名。《填詞名解》：「高平曲調。唐玄宗太液池有千葉白蓮，中秋盛開，玄宗宴賞，左右皆歎羨久之。玄宗指貴妃曰：『爭如我解語花？』詞取以名。」
2. 上元：即農曆正月十五日元宵節。
3. 烘鑪：指花燈。
4. 桂華：月光。
5. 素娥：嫦娥。因月色白，故稱素娥。
6. 放夜：唐時長安實行宵禁，只有正月十四、十五、十六三天城中不禁夜行，以便觀燈賞月，稱為放夜。陳元龍《片玉樂集》注引《新記》：「京城街衢有金吾曉瞑傳呼以禁夜行。惟正月十五夜勅金吾弛禁前後路一日，謂之『放夜』。」
7. 暗塵隨馬：語出蘇味道〈正月十五夜〉詩：「暗塵隨馬去，明月逐人來。」

蝶戀花

月皎驚烏棲不定[1]，更漏將闌[2]，轣轆[3]牽金井。喚起兩眸清炯炯[4]，淚花落枕紅綿冷。　執手霜風吹鬢影[5]，去意徊徨，別語愁難聽。樓上闌干[6]橫斗柄，露寒人遠雞相應。

【注釋】

1. 月皎驚烏棲不定：見曹操〈短歌行〉：「月明星稀，烏鵲南飛，繞樹三匝，何枝可依。」
2. 闌：將盡、將晚。
3. 轣轆：汲水用的起重裝置，即滑車。在軸上纏繞繫有汲水桶的繩索，轉動橫軸，可使汲水桶升降，以方便取水。
4. 炯炯：發光的樣子。
5. 霜風吹鬢影：李賀〈詠懷〉詩：「春風吹鬢影。」
6. 闌干：橫斜貌。古樂府：「月沒參橫，北斗闌干。」

解連環[1]

怨懷無託，嗟情人斷絕，信音遼邈[2]。縱妙手、能解連環，似風散雨收，霧輕

雲薄。燕子樓[3]空，暗塵鎖、一牀絃索。想移根換葉，盡是舊時，手種紅藥[4]。汀洲漸生杜若[5]，料舟依岸曲，人在天角。漫記得、當日音書，把閒語閒言，待總燒卻。水驛春回，望寄我、江南梅萼。拚今生、對花對酒，為伊淚落。

【注釋】

1. 解連環：詞牌名。《詞譜》：「此調始自柳永，以詞有『信早梅、偏占陽和』及『時有香來，望明豔、遙知非雪』句，名〈望梅〉；後因周邦彥詞有『妙手能解連環』句，更名〈解連環〉；張輯詞，有『把千種舊愁，付與杏梁雨燕』句，又名〈杏梁燕〉。」《國策．齊策》：「秦昭王遣使遺君王后玉連環，曰：『齊多智，而解此環否？』君王后以示群臣，群臣不知解。君王后引錐椎破之，謝秦使曰：『謹以解矣。』」
2. 遼邈：形容渺遠。
3. 燕子樓：江蘇省徐州市的樓臺。相傳唐貞元年間張尚書鎮守徐州，築燕子樓以居愛妾關盼盼，張卒，盼盼居此樓十五年不嫁，後不食而死。
4. 紅藥：紅色的芍藥。
5. 杜若：香草名。《楚辭．湘夫人》有「搴汀州兮杜若」句。

拜星月慢[1]

夜色催更，清塵收露，小曲幽坊月暗。竹檻燈窗，識秋娘[2]庭院。笑相遇，似覺瓊枝玉樹[3]相倚，暖日明霞光爛。水盼[4]蘭情，總平生稀見。　畫圖中、舊識春風面，誰知道、自到瑤臺[5]畔。眷戀雨潤雲溫，苦驚風吹散。念荒寒、寄宿無人館，重門閉、敗壁秋蟲歎。怎奈向[6]、一縷相思，隔溪山不斷。

【注釋】

1. 拜星月慢：詞牌名。《詞譜》：「一作〈拜新月〉，唐教坊曲名。」
2. 秋娘：泛指金陵歌妓。唐詩人元稹、白居易、杜牧的詩作中，屢次提到「謝秋娘」、「杜秋娘」，推估謝、杜等是歌妓姓氏，秋娘二字則是歌女的代稱。
3. 瓊枝玉樹：形容美人、佳士。
4. 水盼：形容目如秋水。
5. 瑤臺：仙人居住的地方，見《拾遺記》。
6. 怎奈向：宋人方言，向，向來的意思。向字語尾，後人誤改作怎奈何。

關河令[1]

秋陰時晴漸向暝，變一庭淒冷。佇聽寒聲，雲深無雁影。　更深人去寂靜。但照壁、孤燈相映。酒已都醒，如何宵夜永[2]？

【注釋】

1. 觀河令：詞牌名。《詞譜》：「古樂府有清商曲辭，其音多哀怨，故取以為名。周邦彥以晏詞有『關河愁思』句，更名〈關河令〉，又名〈傷情怨〉。」
2. 宵夜永：永，長的意思。指如何忍受漫漫長夜。

綺寮怨

上馬人扶殘醉，曉風吹未醒。映水曲、翠瓦朱檐，垂楊裡、乍見津亭[1]。當時曾題敗壁，蛛絲罩、淡墨苔暈青。念去來、歲月如流，徘徊久、歎息愁思盈。

去去倦尋路程，江陵舊事，何曾再問楊瓊[2]？舊曲淒清，斂愁黛、與誰聽？尊前故人如在，想念我、最關情。何須〈渭城〉[3]，歌聲未盡處，先淚零。

【注釋】

1. 津亭：渡船口的亭子。
2. 楊瓊：陳注《片玉集》：「楊瓊事未詳。」白居易〈寄李蘇州兼示楊瓊〉詩：「就中猶有楊瓊在，堪上東山伴謝公。」
3. 渭城：樂曲名。即王維〈渭城曲〉：「渭城朝雨浥輕塵，客舍青青柳色新。勸君更近一杯酒，西出陽關無故人。」本為七言絕句，後入樂府，遂以「渭城」名曲。它描寫離別，適合大多數離別宴席演唱，因此成為流行、傳唱最久的古曲。

尉遲杯

隋堤路，漸日晚、密靄[1]生煙樹。陰陰淡月籠沙，還宿河橋深處。無情畫舸[2]，都不管、煙波隔前浦。等行人、醉擁重衾，載將離恨歸去[3]。　因思舊客京華，長偎傍、疏林小檻歡聚。冶葉倡條[4]俱相識，仍慣見、珠歌翠舞。如今向、漁村水驛，夜如歲、焚香獨自語。有何人、念我無聊，夢魂凝想鴛侶。

【注釋】

1. 密靄：密雲。
2. 舸：大船。唐王勃〈滕王閣序〉：「舸艦彌津，青雀黃龍之軸。」

3. 載將離恨歸去：語出唐鄭仲賢詩：「亭亭畫舸繫寒潭，直到行人酒半酣。不管煙波與風雨，載將離恨過江南。」

4. 冶葉倡條：指歌妓。李商隱〈燕臺〉詩：「冶葉倡條遍相識。」

西河[1] 金陵懷古

佳麗地[2]，南朝盛事誰記？山圍故國繞清江，髻鬟對起。怒濤寂寞打孤城[3]，風檣遙度天際。　斷崖樹，猶倒倚，莫愁艇子誰繫[4]？空餘舊迹鬱蒼蒼，霧沉半壘。夜深月過女牆來，傷心東望淮水。　酒旗戲鼓甚處市？想依稀、王謝[5]鄰里，燕子不知何世[6]，向尋常、巷陌人家，相對如說興亡，斜陽裡。

【注釋】

1. 西河：詞牌名，一名〈西湖〉。《片玉集》注：「〈西河〉，大呂。唐大曆初，嘗有樂工自撰歌，即古曲〈長命西河女〉也。加減節奏，頗有新聲。」《碧雞漫志》：「〈大石調．西河慢〉，聲犯正平，極希古。」

2. 佳麗地：語出謝朓詩：「金陵帝王州，江南佳麗地。」

3. 怒濤寂寞打孤城：語出劉禹錫〈金陵〉詩：「山圍故國周遭載，潮打孤城寂寞回。淮水東邊舊時月，夜深還過女牆來。」

4. 莫愁艇子誰繫：樂府詩：「莫愁在何處，住在石城西，艇子折兩槳，催送莫愁來。」莫愁原不在金陵，但宋代已有金陵之傳說。

5. 王謝：六朝望族王氏和謝氏的合稱。

6. 燕子不知何世：劉禹錫〈烏衣巷〉詩：「朱雀橋邊野草花，烏衣巷口夕陽斜。舊時王謝堂前燕，飛入尋常百姓家。」

瑞鶴仙[1]

悄郊原帶郭，行路永、客去車塵漠漠。斜陽映山落，斂餘紅，猶戀孤城欄角。凌波[2]步弱，過短亭、何用素約[3]？有流鶯勸我，重解繡鞍，緩引春酌。不記歸時早暮，上馬誰扶？醒眠朱閣。驚飆[4]動幕，扶殘醉、繞紅藥。歎西園已是花深無地，東風何事又惡？任流光過卻，猶喜洞天[5]自樂。

【注釋】

1. 瑞鶴仙：詞牌名。《詞譜》：「《夷堅志》云：『乾道中，吳興周權知衢州西安縣。一日，令術士沈延年邀紫姑神，賦〈鶴鶴仙〉牡丹詞，有『覩嬌紅一撚』句，因名〈一撚紅〉。』此調始自北宋。」

2. 凌波：形容歌女步伐輕盈。〈洛神賦〉：「凌波微步，羅襪生塵。」

3. 素約：尺素書約。
4. 驚飆：指驚人的暴風。飆，或作飆。
5. 洞天：道家認為神仙居處多在名山洞府中，因洞中別有天地，故稱洞天。

浪淘沙慢

晝陰重，霜凋岸草，霧隱城堞。南陌脂車[1]待發，東門帳飲[2]乍闋。正拂面垂楊堪攬結，掩紅淚[3]、玉手親折。念漢浦離鴻去何許？經時信音絕。　情切，望中地遠天闊，向露冷風清，無人處、耿耿寒漏咽。嗟萬事難忘，惟是輕別。翠尊未竭，憑斷雲留取，西樓殘月。　羅帶光消紋衾疊，連環解、舊香頓歇；怨歌永、瓊壺敲盡缺[4]。恨春去、不與人期，弄夜色、空餘滿地梨花雪。

【注釋】

1. 脂車：以脂塗車轄，用以潤滑運轉。比喻將駕車出門。
2. 東門帳飲：漢疏廣辭歸，公卿大夫設祖道，供帳東督門外送行。見《漢書》。
3. 紅淚：蜀妓灼灼以軟綃聚紅淚寄裴質，見《麗情集》。

4. 瓊壺敲盡缺：晉王敦酒後，詠〈魏武樂府〉：「老驥伏櫪，志在千里。烈士暮年，壯心不已。」以如意擊唾壺為節，壺口盡缺。見《世說新語》。

應天長[1]

條風[2]布暖，霏霧弄晴，池臺遍滿春色。正是夜堂無月，沉沉暗寒食。梁間燕，前社[3]客，似笑我、閉門愁寂。亂花過、隔院芸香[4]，滿地狼藉。長記那回時，邂逅[5]相逢，郊外駐油壁[6]。又見漢宮傳燭[7]，飛煙五侯宅。青青草，迷路陌。強載酒、細尋前迹。市橋遠、柳下人家，猶自相識。

【注釋】

1. 應天長：詞牌名。此調有令詞、慢詞。令詞始於韋莊，又有顧夐、毛文錫兩體。宋毛幵詞名〈應天長令〉。慢詞始於柳永，又有周邦彥一體，名〈應天長慢〉。
2. 條風：《易緯》：「立春條封至。」《說文》：「東北曰融風。」段玉裁云：「調風、條封、融風一也。」
3. 社：傳統禮俗中，祭祀土地神為「社」。一年有春秋二社，立春後五戊為春社，立秋後五戊為秋社。陳元龍注《片玉集》引歐陽獬〈燕〉詩：「長到春秋社前後，為誰去了為誰來。」
4. 芸香：植物名。芸香科芸香屬，多年生草本。莖高二、三尺，下部成木質，葉互生，二至三回羽狀複葉，小葉匙形或長橢圓形。聚繖花序，花瓣四枚，金黃色，蒴果開裂為四枚分果片。花、葉有香氣，供藥用，有避蠹魚、驅蟲、通經的作用。也稱為「芸草」。此處所謂芸香，是指亂花之香氣。

5. 邂逅：不期而遇。

6. 油壁：車壁以油飾之車，名油壁車。南齊蘇小小詩：「妾乘油壁車，郎乘青驄馬；何處結同心？西陵松柏下。」

7. 漢宮傳燭：唐韓翃〈寒食〉詩：「春城無處不飛花，寒食東風御柳斜。日暮漢宮傳蠟燭，輕煙散入五侯家。」漢桓帝封單超為新豐侯，徐璜為武原侯，貝瑗為東武侯，左悺為上蔡侯，唐衡為漁陽侯，世謂五侯，見《後漢書．宦者傳》。

夜遊宮[1]

葉下斜陽照水，捲輕浪、沉沉[2]千里。橋上酸風射眸子[3]，立多時，看黃昏，燈火市。

古屋寒窗底，聽幾片、井桐飛墜。不戀單衾再三起，有誰知，為蕭娘[4]，書一紙？

【注釋】

1. 夜遊宮：詞牌名。《填詞名解》：「〈夜遊宮〉，古詩『晝短苦夜長，何不秉燭遊？』《拾遺記》：『漢成帝於太液池旁起宵遊宮。又隋煬帝好以月夜從宮女數千騎遊西苑，作〈清夜遊曲〉，

於馬上奏之。』詞名蓋取於此。」《詞譜》：「賀鑄詞，有『江北江南新念別』句，更名〈新念別〉。」

2. 沉沉：深遠的樣子。

3. 酸風射眸子：李賀〈金銅仙人辭漢歌〉詩：「東關酸風射眸子。」

4. 蕭娘：唐人通常泛對女性皆稱呼為蕭娘。楊巨源〈崔娘〉詩：「風流才子多春思，腸斷蕭娘一紙書。」

賀鑄

字方回，衛州（今河南）人。為宋孝惠皇后族孫，娶宗室之女，授右班殿直。元祐中通判泗州，又倅太平州，退居吳下，自號慶湖遺老。其詞內容豐富，風格開朗而多變。詩作的數量頗多，且體裁豐富，是婉約派的重要詞人之一。有《東山詞》，見《名家詞》本及四印齋所刻詞本，又有涉園景宋金元明本續刊本及《彊村叢書》刊本。《詞源》：「詞中一個生硬字用不得，須是深加煅煉，字字敲打得響，歌誦妥溜，方為本色語。如賀方回、吳夢窗，皆善於煉字面，多於溫庭筠、李長吉詩中來。」王國維《人間詞話》：「北宋名家，以方回為最次。其詞如歷下、新城之詩，非不華贍，惜少真味。」

青玉案

淩波[1]不過橫塘[2]路，但目送、芳塵去。錦瑟華年[3]誰與度？月橋花院，瑣窗[4]朱戶，只有春知處。　飛雲冉冉蘅皋[5]暮，彩筆新題斷腸句。試問閒愁都幾許？一川煙草，滿城風絮，梅子黃時雨[6]。

【注釋】

1. 淩波：比喻美人的蹤跡。
2. 橫塘：三國吳時所興建的古堤，在今南京市西南，秦淮河南岸。賀鑄有小築在姑蘇盤內十餘里。見《中吾紀聞》。
3. 錦瑟華年：《周禮．樂器圖》：「雅瑟二十三絃，頌瑟二十五絃，飾以寶玉者曰寶瑟，繪文如錦曰錦瑟。」李商隱〈錦瑟〉詩：「錦瑟無端五十絃，一絃一柱思華年。」馮詒箋注：「言瑟而言錦瑟、寶瑟，猶言琴而曰玉琴、瑤琴，亦泛例也。」在此指年少的快樂時光。
4. 瑣窗：雕花的窗戶。《後漢書．梁冀傳》：「窗牖皆有綺疏青瑣。」李賢注：「青瑣，謂刻為瑣文，而以青飾之也。」
5. 蘅皋：蘅，指杜蘅，一種香草。皋，澤。曹植〈洛神賦〉：「爾迺稅駕乎蘅皋。」古詩：「日暮碧雲合，佳人殊未來。」
6. 梅子黃時雨：宋陳肖巖《庚溪詩話》：「江南五月梅熟時，霖雨連旬，謂之黃梅雨。」宋周紫芝《竹坡詩話》：「賀方回嘗作〈青玉案〉，有『梅子黃時雨』之句，人皆服其工，士大夫謂之『賀梅子』。』宋潘子箴云：「寇萊公詩『杜鵑啼處血成花，梅子黃時雨如霧』，世推賀方回所作『梅子黃時雨』為絕唱，蓋用萊公語也。」黃庭堅詩：「解道當年腸斷句，只今惟有賀方回。」

感皇恩[1]

蘭芷滿汀洲，游絲橫路。羅襪塵生步迎顧，整鬟顰黛，脈脈兩情難語。細風吹柳絮、人南渡。

回首舊遊，山無重數。花底深、朱戶何處？半黃梅子，向晚一簾疏雨。斷魂分付與、春將去。

【注釋】

1. 感皇恩：詞牌名。《詞譜》：「唐教坊曲名。陳暘《樂書》：『祥符中，諸工請增龜茲部如教坊，其曲有〈雙調感皇恩〉。』」

薄倖

淡妝多態，更的的[1]、頻回眄睞[2]。便認得琴心[3]先許，欲綰[4]合歡雙帶。記畫堂、風月逢迎，輕顰淺笑嬌無奈。向睡鴨鑪邊，翔鴛屏裡，羞把香羅暗解。

自過了燒燈5後，都不見踏青挑菜6。幾回憑雙燕，丁寧深意，往來卻恨重簾礙。約何時再，正春濃酒困，人閒晝永無聊賴。厭厭睡起，猶有花梢日在。

【注釋】

1. 的的：明媚的樣子。
2. 眄睞：眄，音同「勉」。睞，音同「賴」。凝視。
3. 琴心：指司馬相如琴挑卓文君之事。《史記．司馬相如傳》：「是時卓王孫有女文君新寡，好音，故相如繆與令相重，而以琴心挑之。」
4. 綰：音同「晚」，繫也。
5. 燒燈：元宵放燈。
6. 踏青挑菜：古代舊俗，農曆二月二日為挑菜節，仕女前往郊外拾取菜葉，士民遊觀。

浣溪沙

不信芳春厭老人，老人幾度送餘春，惜春行樂莫辭頻。　巧笑豔歌皆我意，惱花1顛酒2拚君瞋，物情惟有醉中真。

【注釋】

1. 惱花：看花增人惱怒妒恨。

2. 顛酒：縱情狂飲。

浣溪沙

樓角初消一縷霞，淡黃楊柳暗棲鴉，玉人和月摘梅花。　笑撚粉香歸洞戶[1]，更垂簾幕護窗紗，東風寒似夜來些[2]。

【注釋】

1. 洞戶：互相通達之戶。

2. 些：夔峽、湘湖人禁咒句尾皆稱「些」，如今釋家念娑婆訶之合聲。見沈括《夢溪筆談》。

石州慢[1]

薄雨收寒，斜照弄晴，春意空闊。長亭柳色纔黃，倚馬何人先折？煙橫水漫，映帶幾點歸鴻，平沙消盡龍荒[2]雪。猶記出關來，恰如今時節。　將發，畫樓芳酒，紅淚[3]清歌，便成輕別。回首經年，杳杳音塵都絕。欲知方寸[4]，共有幾許新愁？芭蕉不展丁香結[5]。憔悴一天涯，兩厭厭風月。

【注釋】

1. 石州慢：《詞譜》：「賀鑄詞有『長亭柳色纔黃』句，名〈柳色黃〉。謝懋詞名〈石州引〉。」《詞調溯源》：「〈石州慢〉，唐曲，見郭樂府《羯鼓錄》。」
2. 龍荒：即龍沙，塞外的通稱。
3. 紅淚：血淚。
4. 方寸：心情。
5. 芭蕉不展丁香結：比喻人愁心不解。

蝶戀花[1]

幾許傷春春復暮，楊柳清陰，偏礙游絲度。天際小山桃葉[2]步，白蘋花滿湔[3]裙處。　竟日微吟長短句，簾影燈昏，心寄胡琴語。數點[4]雨聲風約住，朦朧淡月雲來去。

【注釋】

1. 蝶戀花：《陽春白雪》注云：「賀方回改徐冠卿詞。」

2. 桃葉：桃葉，晉朝王獻之妾名，緣於篤愛，所以歌之，為其作〈桃葉歌〉。

3. 湔裙：湔，音同「兼」，清洗。舊俗正月元日至月底，士女酹酒洗衣於水邊，可以避災度厄，洗掉晦氣，稱為湔裙。《北史．竇泰傳》：「遂有娠，期而不產，大懼。有巫曰：『渡河湔裙，產子必易。』」

4. 數點：李冠詞亦有此兩句。

天門謠[1]登採石蛾眉亭[2]

牛渚天門險，限南北、七雄豪占[3]。清霧斂，與閒人登覽。　待月上潮平波灩灩，塞管輕吹新〈阿濫〉[4]。風滿檻，歷歷數、西州[5]更點。

【注釋】

1. 天門謠：詞牌名。《詞譜》：「賀鑄詞，有『牛渚天門險』句，因取為調名。李之儀《姑溪詞》注：『賀方回登採石蛾眉亭作也。』」

2. 蛾眉亭：《輿地記勝》：「採石山北臨江有磯，曰採石，曰牛渚，上有峨眉亭。」《安徽通志》：「峨眉亭在當地塗縣北二十里，據牛渚絕壁，前直二梁山，夾江對峙如蛾眉然，故名。」

3. 七雄豪占：梁山在春秋戰國時代，是兵家必爭之地。

4. 阿濫：即〈阿濫堆〉。曲名，驪山有鳥名阿濫堆，唐玄宗以其聲翻為曲，人競效吹，見《中朝故事》。

5. 西州：西州城，晉朝揚州刺使的治所。

天香[1]

煙絡橫林，山沉遠照，迤邐[2]黃昏鐘鼓。燭映簾櫳，蛩[3]催機杼，共苦清秋風露。不眠思婦，齊應和、幾聲砧杵。驚動天涯倦宦，駸駸[4]歲華行暮。當年酒狂自負，謂東君[5]、以春相付。流浪征驂[6]北道，客檣[7]南浦，幽恨無人晤語。賴明月曾知舊遊處，好伴雲來，還將夢去。

【注釋】

1. 天香：詞牌名。《詞譜》：「《法苑珠林》云：『天童子、天香、甚香。』調名本此。」《填詞名解》：「〈天香〉，採宋之問詩『天香雲外飄』。」
2. 迤邐：迤，音同「以」；邐，音同「裡」。延續不斷的樣子。
3. 蛩：蟋蟀，因秋季夜晚名叫，被視為秋蟲。唐杜甫〈除架〉詩：「秋蟲聲不去，暮雀意何如。」
4. 駸駸：駸，音同「欽」。馬奔馳的樣子，比喻時間過得很快。

5. 東君：司春之神。
6. 驂：音同「參」，馬匹。
7. 檣：船的桅桿。在此代指船。

望湘人

厭鶯聲到枕，花氣動簾，醉魂愁夢相半。被惜餘薰，帶驚賸眼[1]，幾許傷春春晚。淚竹[2]痕鮮，佩蘭香老，湘天濃暖。記小江風月佳時，屢約非煙[3]遊伴。
須信鸞絃[4]易斷，奈雲和[5]再鼓，曲終人遠。認羅襪無蹤，舊處弄波清淺。青翰[6]棹檥，白蘋洲畔，儘目臨皋飛觀。不解寄、一字相思，幸有歸來雙燕。

【注釋】

1. 賸眼：消瘦的意思。
2. 淚竹，相傳舜死後，其二妃娥皇、女英因思帝傷痛，淚沾湘江畔上的竹子，使竹盡成斑，即是淚竹。見《博物志》。
3. 非煙：唐武公業之妾，姓步氏。皇甫牧有〈非煙傳〉。
4. 鸞絃：《漢武外傳》：「西海獻鸞膠，武帝絃斷，以膠續之，絃兩頭遂相著，終月射，不斷。帝大悅。」後世就稱續娶為「續膠」或「續絃」。

5. 雲和：樂器名，首為雲象，琴瑟都可稱。

6. 青翰：船。刻鳥於船，塗以青色，故得名。《說苑》：「鄂君子晳之汎舟於新波之中也，乘青翰之舟。」

綠頭鴨

玉人家，畫樓珠箔[1]臨津。託微風、彩簫流怨，斷腸馬上曾聞。宴堂開、豔妝叢裡，調琴思、認歌顰。麝蠟煙濃，玉蓮漏短，更衣不待酒初醺。繡屏掩、枕鴛相就，香氣漸暾暾[2]。回廊影，疏鐘淡月，幾許消魂？

翠釵分、銀箋封淚，舞鞋從此生塵。任蘭舟、載將離恨，轉南浦、背西曛[3]。記取明年，薔薇謝後，佳期應未誤行雲[4]。鳳城[5]遠、楚梅香嫩，先寄一枝春。青門[6]外，祇憑芳草，尋訪郎君。

【注釋】

1. 珠箔：珠簾。

2. 暾暾：暾，音同「吞」。香氣盛滿的意思。

3. 曛：曛，音同「勳」，落日餘光。
4. 行雲：借指所思念的人。李白〈久別離〉詩：「東風兮東風，為我吹行雲使西來。」
5. 鳳城：帝都，指長安。
6. 青門：漢代長安城東南的城門，因城門為青色，故得名。

張元幹

字仲宗，別號蘆川居士，長樂（今福州）人，向伯恭之甥，元祐六年（西元一〇九一年）生，自號蘆川居士，又自稱真隱山人。紹興中，坐送胡銓詞，得罪除名。其詞數量以婉麗者居多，著稱於時，早年詞肩隨秦觀、周邦彥，詞風清麗，南渡後一變而為慷慨悲涼。有《蘆川詞》一卷，見《六十家詞》刊本。又二卷本，有雙照樓景宋、元、明詞本。

石州慢

寒水[1]依痕，春意漸回，沙際[2]煙闊。溪梅晴照生香，冷蕊數枝爭發。天涯舊恨，試看幾許消魂？長亭門外山重疊。不盡眼中青，是愁來時節。　情切，畫樓深閉，想見東風，暗消肌雪。孤負枕前雲雨，尊前花月。心期切處，更有多少淒涼，殷勤留與歸時說。到得再相逢，恰經年離別。

【注釋】

1. 寒水：見杜甫〈冬深〉詩：「寒水依痕淺。」
2. 沙際：見杜甫〈閬水歌〉詩：「春從沙際歸。」

蘭陵王

捲珠箔，朝雨輕陰乍閣[1]。闌干外、煙柳弄晴，芳草侵階映紅藥。東風妒花惡，吹落梢頭嫩萼。屏山掩、沉水[2]倦熏，中酒心情怯杯勺[3]。　尋思舊京洛，正年少疏狂，歌笑迷著。障泥油壁[4]催梳掠，曾馳道[5]同載，上林[6]攜手，燈夜初過早共約，又爭信飄泊？　寂寞，念行樂。甚粉淡衣襟，音斷絃索。瓊枝璧月[7]春如昨。悵別後華表，那回雙鶴[8]。相思除是，向醉裡，暫忘卻。

【注釋】

1. 乍閣：剛止歇、剛停。
2. 沉水：即沉水香。沉水為植物名。瑞香科沉香屬。常綠喬木，葉披針形或倒卵形。其木材色白，輕

軟，但具內涵韌皮部，與真菌共生後變黑色，為著名香料。因置於水中會下沉，所以稱為沉水香。又可用來治療嘔吐、氣喘等病症。

3. 杯勺：盛酒之器，即以代表酒。

4. 障泥油壁：障泥原為馬腹上護泥之布墊，此處即以代表馬。油壁原為車上油飾之壁，此處即以代表車。

5. 馳道：舊稱天子所行的道路。《禮記．曲禮》：「歲凶，年穀不登，君膳不祭肺，馬不食穀，馳道不除，祭事不縣。」《史記．秦始皇本紀》：「是歲，賜爵一級。治馳道。」

6. 上林：指上林苑，宮殿名。秦時舊苑，漢初荒廢。漢武帝收為宮苑，擴建修築，苑內放養禽獸，供皇帝射獵並建離宮、觀、館等數十處。故址位今陝西省長安。

5. 馳道：舊稱天子所行的道路。《禮記．曲禮》：「歲凶，年穀不登，君膳不祭肺，馬不食穀，馳道不除，祭事不縣。」《史記．秦始皇本紀》：「是歲，賜爵一級。治馳道。」

6. 上林：指上林苑，宮殿名。秦時舊苑，漢初荒廢。漢武帝收為宮苑，擴建修築，苑內放養禽獸，供皇帝射獵並建離宮、觀、館等數十處。故址位今陝西省長安。

7. 瓊枝璧月：比喻美好生活。

8. 雙鶴：《續搜神記》云：遼東城門有華表柱，有白鶴集其上，言曰：「有鳥有鳥丁令威，去家千歲今來歸；城郭如故人民非，何不學仙塚纍纍！」

葉夢得

字少蘊，蘇州吳縣（今江蘇）人。生於宋神宗熙寧十年（西元一〇七七年）。宋哲宗紹聖四年（西元一九七年）進士，累官中書舍人、翰林學士、吏部尚書、龍圖閣直學士，帥杭州。高宗朝，除尚書右丞、江東安撫使，兼知建康府行宮留守，移知福州，提舉洞霄宮。居吳興弁山，自號石林居士。其人博學多才，工詩詞，早年風格婉麗，宋室南渡後，多寫感懷時事之作，有《石林詞》一卷，見《六十家詞》刊本及葉德輝刊本。〈題石林詞〉：「葉公以經術文章，為世宗儒，翰墨之餘，作為歌詞，亦妙天下。味其詞婉麗，綽有溫、李之風。晚歲落其華而實之，能於簡淡時出雄傑，合處不減靖節、東坡之妙，豈近世樂府之流哉？」〈石林詞跋〉：「少蘊自號石林居士，晚年居卞山下，奇石森列，藏書數萬卷，嘯詠自娛。所撰詩文甚富。《石林詞》一卷，與蘇、柳並傳，綽有林下風，不作柔語殢人，真詞家逸品也。」〈碧雞漫志〉：「後來學東坡者，葉少蘊、蒲大受亦得六七，其才力比晁、黃差劣。」

賀新郎

睡起流鶯語，掩蒼苔、房櫳向晚，亂紅無數。吹盡殘花無人見，惟有垂楊自舞。漸暖靄、初回輕暑，寶扇重尋明月影，暗塵侵、上有乘鸞女[1]。驚舊恨，遽如許。　江南夢斷橫江渚，浪黏天、葡萄漲綠[2]，半空煙雨。無限樓前滄波意，誰採蘋花[3]寄取？但悵望、蘭舟容與，萬里雲帆何時到？送孤鴻、目斷千山阻。誰為我，唱〈金縷〉[4]。

【注釋】

1. 乘鸞女：《龍城錄》：「九月望日，明皇遊月宮見素娥千餘人，皆皓衣乘白鸞。」

2. 葡萄漲綠：葡萄在此代稱水色或江河。李白〈襄陽歌〉詩：「遙看漢水鴨頭綠，恰似葡萄初醱醅。」

3. 蘋花：柳宗元〈酬曹侍御過象縣見寄〉詩：「春風無限瀟湘意，欲採蘋花不自由。」

4. 金縷：詞牌名，即〈金縷曲〉，或名〈賀新郎〉。

虞美人 雨後同幹譽、才卿1置酒來禽2花下作

落花已作風前舞，又送黃昏雨。曉來庭院半殘紅，惟有游絲，千丈嫋晴空。

殷勤花下同攜手，更盡杯中酒。美人不用斂蛾眉，我亦多情，無奈酒闌時。

【注釋】

1. 幹譽、才卿：皆為葉夢得之友，生平未詳。

2. 來禽：即林檎之別名，又稱花紅，北方稱沙果。一種植物，分布在黃河與長江流域一帶，春夏之交

開花，秋季成熟，果實成扁圓形，色黃或色紅，生食的時候，味道近似於蘋果。

汪藻

字彥章，饒州德興（今江西）人，生於北宋神宗元豐二年（西元一〇七九年），宋徽宗崇寧五年（西元一一〇六年）第進士。高宗朝，累官中書舍人，兼直學士院，擢給事中，遷兵部侍郎兼侍講，又拜翰林學士，出知外郡。因諷秦檜而遭奪職，居永州卒。有《浮溪詞》一卷，見《彊村叢書》刊本。《宋史．文苑傳》：「藻博極群書，老不釋卷。工儷語，所為制詞，人多傳誦。」《古今詞話》：「汪藻詞亦美瞻，一時不為流傳者，曾為張邦昌雪罪過故也。」

點絳脣[1]

新月娟娟[2]，夜寒江靜山銜斗[3]。起來搔首，梅影橫窗瘦。　好箇霜天，閒卻傳杯手。君知否？亂鴉啼後，歸興濃如酒。

【注釋】

1. 點絳脣：詞牌名。《詞譜》：「元《太平樂府》注仙呂宮。高拭詞注黃鐘宮。《正音譜》注仙呂

調。宋王禹偁詞，名〈點櫻桃〉；王十朋詞，名〈十八香〉；張輯詞有『邀月過南浦』句，名〈南浦月〉；又有『遙隔沙頭雨』句，名〈沙頭雨〉；韓淲詞有『更約尋瑤草』句，名〈尋瑤草〉。」《填詞名解》：「〈點絳脣〉採江淹詩：『白雪凝瓊貌，明珠點絳脣。』本調採以此名。」

2. 娟娟：形容明媚。

3. 斗：星名。

劉一止

字行簡，湖州歸安（今浙江湖州）人，宋神宗元豐二年（西元一〇七九年）出生。宣和三年（西元一一二一年）進士。紹興初，召試，除祕書省校書郎，歷給事中，進敷文閣待制，因觸怒秦檜，被削職。其詩詞作品自成一家，內容廣泛，擅長將情感融入詞作中，化用前人典故與詞句。呂本中、陳與義讀之曰：「語不自人間來也。」有《苕溪樂章》一卷，見《彊村叢書》刊本。

喜遷鶯[1] 曉行[2]

曉光催角，聽宿鳥未驚，鄰雞先覺。迤邐煙村，馬嘶人起，殘月尚穿林薄[3]。淚痕帶霜微凝，酒力衝寒猶弱。歎倦客，悄不禁重染，風塵京洛。

追念人

別後，心事萬重，難覓孤鴻託。翠幌嬌深，曲屏香暖，爭念歲華飄泊。怨月恨花煩惱，不是不曾經著。者情味，望一成消減，新來還惡。

【注釋】

1. 喜遷鶯：詞牌名。《詞譜》：「此調有小令、長調兩體。小令起於唐人，《太和正音譜》注黃鐘宮。因韋莊詞有『鶴沖天』句，更名〈鶴沖天〉；馮延巳詞有『拂面春風長好』句，名〈春光好〉；宋夏竦詞名〈喜遷鶯令〉；晏幾道詞名〈燕歸來〉；李德載詞有『殘臘裡、早梅芳』句，名〈早梅芳〉。長調起於宋人，《梅溪集》注黃鐘宮。《白石集》注太簇宮，俗名中管高宮。江漢詞一名〈烘春桃李〉。」
2. 曉行：《直齋書錄解題》：「行簡是詞盛稱京師，號『劉曉行』。」
3. 薄：雜草叢生之地。

韓嘐

字子耕，號蕭閒。生平不詳。有《蕭閒詞》，不傳。趙萬里輯得四首。況周頤《蕙風詞話》：「韓子耕詞妙處在一『鬆』字，非功力甚深不辨。」

高陽臺[1] 除夜

頻聽銀籤[2]，重燃絳蠟[3]，年華衮衮[4]驚心。餞舊迎新，能消幾刻光陰？老來可慣通宵飲？待不眠、還怕寒侵。掩清尊、多謝梅花，伴我微吟。　鄰娃已試春妝了，更蜂腰[5]簇翠，燕股橫金。勾引東風，也知芳思難禁。朱顏那有年年好，逞豔遊、贏取如今。恣登臨、殘雪樓臺，遲日園林。

【注釋】

1. 高陽臺：詞牌名，又名〈慶春澤〉、〈慶春澤慢〉、〈慶宮春〉。《詞譜》：「劉鎮詞，名〈慶春澤慢〉；王沂孫詞，名〈慶春宮〉。」《填詞名解》：「按〈高陽臺〉，據毛先舒云，取宋玉賦神女事。毛氏又云：『漢習郁於峴南做養魚池，中築釣臺，是燕遊明處。山簡為荊州，每臨此池，輒大醉，曰：此吾高陽臺池也。』」
2. 銀籤：指更漏。
3. 絳蠟：指紅燭。
4. 衮衮：即匆匆意。
5. 蜂腰：剪綵為蜂為燕以飾鬢。

李邴

字漢老，號雲龕居士，濟州任城（今山東濟寧）人，出生於宋神宗永豐八年（西元一〇八五年）。宋徽宗崇寧五年（西元一一〇六年）進士。累官翰林學士。紹興初，拜參知政事、資政殿學士，寓泉州卒，謚文敏，改謚文肅。朱熹題匾曰「清白賢相」。王應麟《小學紺珠》：「南渡三詞人：李邴、汪藻、樓鑰也。」《碧雞漫志》：「李漢老富麗而韻平平。」

漢宮春[1]

瀟灑江梅，向竹梢疏處，橫兩三枝。東君也不愛惜，雪壓霜欺。無情燕子，怕春寒、輕失花期。卻是有、年年塞雁，歸來曾見開時。　清淺小溪如練，問玉堂[2]何似，茅舍疏籬？傷心故人去後，冷落新詩。微雲淡月，對江天、分付他誰？空自憶、清香未減，風流不在人知。

【注釋】

1. 漢宮春：詞牌名。《詞譜》：「《高麗史・樂志》名〈漢宮春慢〉。」
2. 玉堂：指豪貴之家的宅第。

陳與義

字去非，號簡齋，洛陽（今河南）人。北宋哲宗元祐五年（西元一〇九〇年）出生。徽宗政和二年（西元一一一三年）登上舍甲科。高宗紹興中，歷中書舍人，拜翰林學士，知制誥，尋參知政事，提舉洞霄宮。尤長於詩，體物寓興，清邃紆餘，高舉橫厲，上下陶、謝、韋、柳之間。著有《無住詞》一卷，見《六十家詞》刊本及《彊村叢書》本。《絕妙詞選》：「《無住詞》一卷，詞雖不多，語意超絕，識者謂其可摩坡仙之壘也。」

臨江仙

高詠《楚辭》酬午日[1]，天涯節序匆匆。榴花不似舞裙紅，無人知此意，歌罷滿簾風。

萬事一身傷老矣，戎葵[2]凝笑牆東。酒杯深淺去年同，試澆橋下水，今夕到湘中。

【注釋】

1. 高詠《楚辭》酬午日：午日，指端午節。因端午憑弔屈原，故誦讀《楚辭》。
2. 戎葵：今蜀葵，花如木槿。

臨江仙 夜登小閣憶洛中舊遊

憶昔午橋[1]橋上飲，坐中多是豪英。長溝流月去無聲，杏花疏影裡，吹笛到天明。　二十餘年如一夢，此身雖在堪驚。閒登小閣看新晴，古今多少事，漁唱起三更[2]。

【注釋】

1. 午橋：在洛中，唐裴度有別墅在午橋。
2. 三更：古代刻漏之法，自昏至曉分為五刻，即五更。三更，時值午夜。

蔡伸

字伸道，號友古居士，莆田（今福建）人。忠惠公蔡襄之孫。生於宋哲宗元祐三年（西元一〇八八年），徽宗政和五年（西元一一一五年）進士，歷倅徐、楚、饒、真四州。少有文名，擅長書法，得其祖蔡襄筆意。工於詞作，有《友古詞》一卷，見《六十家詞》刊本。

蘇武慢[1]

雁落平沙，煙籠寒水[2]，古壘鳴笳聲斷。青山隱隱，敗葉蕭蕭，天際暝鴉零亂。樓上黃昏，片帆千里歸程，年華將晚。望碧雲空暮[3]，佳人何處？夢魂俱遠。

憶舊遊、邃館[4]朱扉，小園香徑，尚想桃花人面[5]。書盈錦軸，恨滿金徽[6]，難寫寸心幽怨。兩地離愁，一尊芳酒，淒涼，危闌倚遍。儘遲留、憑仗西風，吹乾淚眼。

【注釋】

1. 蘇武慢：詞牌名。《詞譜》：「一名〈選冠子〉。曹勳詞，名〈轉調選冠子〉；魯逸仲詞，名〈惜餘春慢〉；侯寘詞，名〈蘇武慢〉，一名〈仄韻過秦樓〉。」
2. 煙籠寒水：杜牧〈泊秦淮〉詩：「煙籠寒水月籠沙。」
3. 碧雲空暮：古詩：「日暮碧雲合，佳人殊未來。」
4. 邃館：深院。
5. 桃花人面：崔護〈題都城南莊〉詩：「人面桃花相映紅。」
6. 徽：繫琴絃之繩。

柳梢青[1]

數聲鶗鴂[2]，可憐又是，春歸時節。滿院東風，海棠鋪繡，梨花飄雪。丁香露泣殘枝，算未比、愁腸寸結，自是休文[3]，多情多感，不干風月。

【注釋】

1. 柳梢青：詞牌名。《詞譜》：「此調兩體，或押平韻，或押仄韻，字句悉同。押平韻者，宋韓淲詞有『雲淡秋空』句，名〈雲淡秋空〉，有『雨洗元宵』句，名〈雨洗元宵〉，有『玉水明沙』句，名〈玉水明沙〉。元張雨詞名〈早春怨〉。押仄韻者，《古今詞話》無名氏詞有『隴頭殘月』句，名〈隴頭月〉。」
2. 鶗鴂：鶗，音同「題」；鴂，音同「決」。杜鵑鳥的別名，此指杜鵑鳥啼叫。杜鵑初夏時常晝夜不停啼鳴，叫聲淒厲，能動旅客歸思。相傳為古蜀王杜宇之魂所化。屈原〈離騷〉：「恶鶗鴂之先鳴兮，使百草為之不芳。」
3. 休文：南朝梁沈約，字休文，武康人，仕宋至齊，歷任三朝，雖身居高位，卻不得帝王信任，梁武帝認為其人輕脫，致使鬱鬱成病，消瘦異常。

周紫芝

字少隱，宣城（今安徽）人，南宋時期文學家。高宗紹興中登第，歷官樞密院編修、知興國軍。晚年居於廬山，號竹坡居士。工於詩詞，不引典故，無江湖末派酸餡之習，深得讚譽。然因曾諛頌秦檜父子，受時人所嘲。有《竹坡詞》三卷，見《六十家詞》刊本。孫競〈竹坡詞序〉：「竹坡樂府傾力婉曲，非苦心刻意為之。」毛晉〈竹坡詞拔〉：「紫芝嘗評王次卿詩云：『如江平風紀霽，微波不興，而洶湧之勢，澎湃之聲，固已隱然在其中。』其詞約略似之。」

鷓鴣天[1]

一點殘釭[2]欲盡時，乍涼秋氣滿屏幃。梧桐葉上三更雨[3]，葉葉聲聲是別離。　調寶瑟，撥金猊[4]，那時同唱〈鷓鴣詞〉[5]。如今風雨西樓夜，不聽清歌也淚垂。

【注釋】

1. 鷓鴣天：詞牌名。《詞譜》：「《樂章集》注正平調。《太和正音譜》注大石調。蔣氏《九宮譜目》入仙呂引子。趙令時詞名〈思越人〉，李元膺詞名〈思佳客〉。賀鑄詞有『翦刻朝霞釘露盤』句，名〈翦朝霞〉。韓淲詞有『只唱驪歌一疊休』句，名〈驪歌一疊〉。盧祖皋詞有『人醉梅花臥未醒』句，名〈醉梅花〉。」

2. 釭：音同「剛」，燈也。江淹〈別賦〉：「夏簟清兮晝不暮，冬釭凝兮夜何長。」」

3. 三更雨：溫庭筠〈更漏子〉詞：「梧桐樹，三更雨，不道離情正苦。一葉葉，一聲聲，空階滴到明。」

4. 金猊：以金屬鑄成狻猊之形的香爐，香煙可自口中吐出。

5. 鷓鴣詞：即〈鷓鴣天〉。

踏莎行

情似游絲，人如飛絮，淚珠閣定空相覷。一溪煙柳萬絲垂，無因繫得蘭舟住。　雁過斜陽，草迷煙渚，如今已是愁無數。明朝且做莫思量，如何過得今宵去！

李甲

字景元，華亭（今江蘇松江）人。善為詞，小令有聞於時。工於繪畫，尤善畫翎毛。蘇軾《東坡集》亦有〈題嘉興景福寺李景元畫竹〉詩曰：「聞說神仙郭恕先，醉中狂筆勢瀾翻。百年寥落何人在？只有華亭李景元。」其見重如此。劉毓盤輯其詞凡十四首。

帝臺春[1]

芳草碧色，萋萋[2]遍南陌。暖絮亂紅，也似知人，春愁無力。憶得盈盈拾翠侶，共攜賞、鳳城[3]寒食[4]。到今來，海角逢春，天涯為客。　愁旋釋，還似織；淚暗拭，又偷滴。漫倚遍危闌，儘黃昏，也只是、暮雲凝碧。拚則而今已拚了，忘則怎生便忘得？又還問鱗鴻[5]，試重尋消息。

【注釋】

1. 帝臺春：詞牌名。《詞譜》：「〈帝臺春〉，唐教坊曲名。《宋史．樂志》：『琵琶曲有〈帝臺春〉，屬無射宮。』」
2. 萋萋：草茂盛的樣子。崔顥〈黃鶴樓〉詩：「晴川歷歷漢陽樹，芳草萋萋鸚鵡洲。」
3. 鳳城：京城。
4. 寒食：即寒食節，每年冬至後一百零五日，約在清明節前一、二日。晉文公時為求介之推出仕而焚林，之推抱木而死，全國哀悼，於是乃定是日禁火寒食。
5. 鱗鴻：即魚雁，古謂魚雁可以傳書。語出古樂府〈飲馬長城窟行〉：「客從遠方來，遺我雙鯉魚；呼兒烹鯉魚，中有尺素書。」

憶王孫[1]春詞

萋萋[2]芳草憶王孫，柳外樓高空斷魂，杜宇[3]聲聲不忍聞。欲黃昏，雨打梨花深閉門。

【注釋】

1. 憶王孫：詞牌名。《詞譜》：「此詞單調三十一字者，創自秦觀，宋元人照此填。《太平樂府》注黃鐘宮。《太和正音譜》注仙呂宮。梅苑詞名〈獨腳令〉；謝克家詞名〈憶君王〉；呂渭老詞名〈豆葉黃〉；陸游詞，有『畫得蛾眉勝舊時』句，名〈畫蛾眉〉；張輯詞，有『幾曲闌干萬里心』句，名〈闌干萬里心〉。雙調五十四字者，見複雅歌詞，或名〈怨王孫〉，與單調絕不同。」
2. 萋萋：草茂盛的樣子。
3. 杜宇：杜鵑鳥的別稱。

万俟詠

字雅言，自號詞隱，崇寧中充大晟府制撰。有《大聲集》，周美成為序，山谷亦稱之為「一代詞人」。近趙萬里輯得其詞二十七首。《唐宋諸賢絕妙詞選》：「雅言之詞，詞之聖者也。發妙音於律呂之中，運巧思於斧鑿之外，平而工，和而雅，比諸刻琢句意而求精麗者遠矣。」

三臺[1] 清明應制

見梨花初帶夜月，海棠半含朝雨。內苑春、不禁過青門，御溝漲、潛通南浦。東風靜，細柳垂金縷，望鳳闕、非煙非霧。好時代、朝野多歡，遍九陌[2]、太平簫鼓。　乍鶯兒百囀斷續，燕子飛來飛去。近綠水、臺榭映鞦韆，鬭草聚、雙雙遊女。餳[3]香更、酒冷踏青路，會暗識、夭桃朱戶[4]。向晚驟、寶馬雕鞍，醉襟惹、亂花飛絮。　正輕寒輕暖漏永[5]，半陰半晴雲暮。禁火天、已是試新妝，歲華到、三分佳處。清明看、漢蠟傳宮炬，散翠煙、飛入槐府[6]。斂兵衛、閶闔門開，住傳宣、又還休務[7]。

【注釋】

1. 三臺：詞牌名。《詞譜》：「〈三臺〉，見唐《教坊記》。《唐音統籤》云：『唐曲有〈三臺〉、〈急三臺〉、〈宮中三臺〉、〈上皇三臺〉、〈怨陵三臺〉、〈突厥三臺〉，〈三臺〉為大曲。』馮鑑《續事始》曰：『漢蔡邕三日之間，周歷三臺，樂府以邕曉音律，為製此曲。』劉禹錫《嘉話錄》曰：『鄴中有曹公銅雀、金虎、冰井三臺，北齊高洋毀之，更築金鳳、聖應、崇光三臺，宮人拍手呼上臺送酒，因名其曲為〈三臺〉。』李氏《資暇錄》曰：『三臺，三十拍促曲名。昔鄴中有三臺，石季龍常為宴遊之所，而造此曲以促飲。』《樂苑》云：『唐〈三臺〉，羽調曲。』按舊刻亦有做雙調者，《詞律》改為三疊，今從之。」

2. 九陌：督城大路。劉禹錫詩：「九陌人人走馬看。」
3. 餳：音同「型」，麥芽糖。宋祁〈寒食詩〉：「簫聲吹暖賣餳天。」
4. 夭桃朱戶：指崔護〈題都城南莊〉中「人面不知何處去，桃花依舊笑春風」的故事。
5. 漏永：夜長。
6. 槐府：門前植槐，指貴人所居的宅第。
7. 休務：宋人語，猶云辦公休止也。

徐伸

字幹臣，三衢（今浙江衢縣）人。政和初，以知音律為太常典樂，出知常州。有《青山樂府》，今不傳。

二郎神[1]

悶來彈鵲，又攪碎、一簾花影。漫試著春衫，還思纖手，熏徹金猊燼冷。動是愁端如何向？但怪得、新來多病。嗟舊日沈腰[2]，如今潘鬢[3]，怎堪臨鏡？

重省，別時淚溼，羅衣猶凝[4]。料為我厭厭，日高慵起，長託春酲[5]未醒。雁足[6]不來，馬蹄難駐，門掩一庭芳景。空佇立，盡日闌干倚遍，晝長人靜。

【注釋】

1. 二郎神：詞牌名。《詞譜》：「〈二郎神〉，唐教坊曲名。」張侃《拙軒集》：「徐幹臣侍兒既去，作轉調〈二郎神〉，悉用平日侍兒所道言語。史志道與幹臣善，一見此詞，蹤跡其所在而歸之。使魯直知此與知同時，『可惜國香天不管，隨緣流落小民家』之句，吾從而發也。」黃昇《花庵詞選》：「青山詞多雜調，惟〈二郎神〉一曲，天下稱之。」
2. 沈腰：南朝梁沈約因病日瘦，腰帶逐漸寬鬆。比喻身體漸趨瘦弱、消瘦。典出《梁書．沈約傳》。
3. 潘鬢：比喻鬢髮斑白，年華老去。潘岳，字安仁，晉中牟人。美姿容，辭藻絕麗，尤善為哀誄之文。潘岳〈秋興賦〉：「斑鬢髟以承弁兮，素髮颯以垂領。」
4. 羅衣猶凝：指衣服上還沾有淚痕。
5. 酲：音同「成」，醉酒。
6. 雁足：特指傳遞書信的人。《漢書．蘇武傳》：「天子射上林中得雁，足有繫帛書，言武等在某澤中。」後人以此借稱傳送書信者。

田為

字不伐，善琵琶，崇寧間供職大晟樂府。其詞善於寫入人情，雜以俗言俚語，曲盡要妙。黃昇《花庵詞選》：「工於樂府。」王灼《碧雞漫志》：「田不伐才思與雅言抗行，不聞有側豔。」

江神子慢[1]

玉臺[2]掛秋月，鉛素淺、梅花傅香雪。冰姿潔，金蓮[3]襯、小小淩波羅襪。雨初歇，樓外孤鴻聲漸遠，遠山外、行人音信絕。此恨對語猶難，那堪更寄書說。

教人紅消翠減，覺衣寬金縷，都為輕別。太情切，消魂處、畫角黃昏時節。聲嗚咽。落盡庭花春去也，銀蟾[4]迥、無情圓又缺。恨伊不似餘香，惹鴛鴦結。

【注釋】

1. 江城子慢：詞牌名。《詞譜》：「調見呂渭老集。蔡松年詞名〈江神子慢〉，與〈江城子令〉詞不同。」
2. 玉臺：指富貴之家所居住的高臺。
3. 金蓮：謂女子之纖足。《南史．齊東昏侯紀》：「又鑿金以蓮花以貼地，令潘妃行其上，曰：『此步步生蓮花也。』」
4. 銀蟾：指明月。

曹組

字元寵，潁昌（今河南許昌）人，宋徽宗宣和三年（西元一一二一年）進士，召試中書，換武階，兼閤門宣贊舍人，仍給事殿中，官止副使。有《箕潁集》。《花庵詞選》：「曹元寵工謔詞，有寵於徽宗，任睿思殿待制。」《碧雞漫志》：「今有過鈞容班教坊問曰：『某宜何歌？』必曰：『汝宜唱田中行、曹元寵小令。』」

驀山溪[1] 梅

洗妝真態，不作鉛華御。竹外一枝斜[2]，想佳人天寒日暮[3]。黃昏院落，無處著清香，風細細，雪垂垂，何況江頭路。　月邊疏影，夢到消魂處。結子欲黃時，又須作、廉纖細雨。孤芳一世，供斷有情愁，消瘦損，東陽[4]也，試問花知否？

【注釋】

1. 驀山溪：詞牌名。《詞譜》：「《翰墨全書》名〈上陽春〉。」《白香詞譜題考》：「本調一名〈上陽春〉。按上陽春惟唐代宮名。至武后時，興建益廣。迨天寶後，始漸廢圮，是本調〈上陽春〉之名，當出自禁中。時在開元以前。至何以演為〈驀溪山〉，則不可考矣。」

2. 竹外一枝斜：語出蘇軾〈和秦太虛梅花〉詩：「竹外一枝斜更好。」
3. 天寒日暮：語出杜甫〈佳人〉詩：「天寒翠袖薄，日暮倚修竹。」
4. 東陽：南朝梁沈約曾任東陽守。

李玉

生平不詳。《花庵詞選》：「李君詞雖不多見，然風流蘊藉，盡此篇（〈賀新郎〉）矣。」

賀新郎

篆縷消金鼎[1]，醉沉沉、庭陰轉午，畫堂人靜。芳草王孫知何處？惟有楊花糝[2]徑。漸玉枕、騰騰春醒，簾外殘紅春已透，鎮無聊、殢酒[3]厭厭病。雲鬢亂，未忺[4]整。

江南舊事休重省，遍天涯、尋消問息，斷鴻難倩[5]。月滿西樓憑闌久，依舊歸期未定。又只恐瓶沉金井[6]，嘶騎[7]不來銀燭暗，枉教人、立盡梧桐影。誰伴我，對鸞鏡？

【注釋】

1. 篆縷消金鼎：燃燒時，香煙上升如線，彷彿篆字。金鼎，指香爐。
2. 糝：音同「傘」，飄散、散開。
3. 殢酒：殢，音同「替」，沉迷、沉溺其中。殢酒，困於酒。秦觀〈夢揚州．晚雲收〉詞：「殢酒為花，十載因誰淹留？」
4. 忺：音同「心」，欲、想要。李清照〈聲聲慢．尋尋覓覓〉詞：「滿地黃花堆積，憔悴損，如今有誰忺摘。」
5. 倩，請也。
6. 瓶沉金井：白居易樂府〈井底引銀瓶〉：「瓶沉簪折知奈何，似妾金朝與君別。」
7. 嘶騎：馬。

廖世美

生平不詳。僅〈燭影搖紅〉一詞傳世。

燭影搖紅[1] 題安陸[2]浮雲樓

靄靄春空，畫樓森聳淩雲渚。紫微[3]登覽最關情，絕妙誇能賦。惆悵相思遲暮，記當日、朱闌共語。塞鴻難問，岸柳何窮，別愁紛絮。催促年光，舊來流水知何處？斷腸何必更殘陽，極目傷平楚。晚霽波聲帶雨[4]，悄無人、舟橫野渡。數峰江上，芳草天涯，參差煙樹。

【注釋】

1. 燭影搖紅：詞牌名。《詞譜》：「宋吳曾能《改齋漫錄》：『王都尉詵有〈憶故人〉詞，徽宗喜其詞意，猶以不豐容宛轉為恨，乃令大晟樂府別撰腔，周邦彥增益其詞，而以首句為名，謂之〈燭影搖紅〉。』按王詵詞本小令，原名〈憶故人〉，或名〈歸去曲〉，以毛滂詞有『送君歸去添淒斷』句也。若周邦彥詞，則合毛、王二體為一闋。元趙雍詞更名〈玉耳墜金環〉，元好問詞更名〈秋色橫空〉。」
2. 安陸：今湖北安陸縣。
3. 紫微：星名，三垣之一。包含以北極星為中心的天區，不隨季節的變化而終年可見，所以包含對星占最重要的星官。王應麟《小學紺珠．天道類》：「上垣太微十星，中垣紫微十五星，下垣天市二十二星。」也稱為「紫宮」。
4. 帶雨：韋應物〈滁州西澗〉詩：「春朝帶雨晚來急，野渡無人舟自橫。」

呂濱老

呂濱老，一作呂渭老。字聖求，秀州人，宋徽宗宣和末朝士。有《聖求詞》一卷，見《六十家詞》刊本。趙詩秀〈聖求詞序〉：「聖求詞婉媚深窈，視美城、耆卿伯仲。」《詞品》：「聖求在宋，不甚著名，而詞甚工。」

薄倖

青樓[1]春晚，晝寂寂、梳勻又懶。乍聽得、鴉啼鶯哢，惹起新愁無限。記年時、偷擲春心，花前隔霧遙相見。便角枕[2]題詩，寶釵貰[3]酒，共醉青苔深院。

怎忘得、迴廊下，攜手處、花明月滿。如今但暮雨，蜂愁蝶恨，小窗閒對芭蕉展，卻誰拘管？儘無言、閒品秦箏，淚滿參差雁。腰肢漸小，心與楊花共遠。

【注釋】

1. 青樓：富貴人所居住的樓房。
2. 角枕：枕以角飾者。《詩經．唐風》：「角枕粲兮。」
3. 貰：音同「是」，賒欠。

魯逸仲

本名孔夷，字方平，號三樓，「魯逸仲」為其隱名，汝洲龍興（今河南寶豐）人，為孔子四十七代孫。北宋哲宗元祐年間的隱士，終身不曾仕進，與「蘇門六君子」中的李薦為詩酒侶，自號滍皋漁父。善書法。《花庵詞選》讚其「詞意婉麗，似万俟雅言」。

南浦[1]

風悲畫角，聽〈單于〉[2]、三弄[3]落譙門[4]。投宿駸駸征騎，飛雪滿孤邨。酒市漸闌燈火，正敲窗、亂葉舞紛紛。送數聲驚雁，乍離煙水，嘹唳度寒雲。

好在半朧淡月，到如今、無處不消魂。故國梅花歸夢，愁損綠羅裙[5]。為問暗香閒豔，也相思、萬點付啼痕。算翠屏應是，兩眉餘恨倚黃昏。

【注釋】

1. 南浦：詞牌名。《詞譜》：「按唐《教坊記》，有〈南浦子〉曲，宋詞蓋借舊曲名，另倚新聲也。此調有仄韻、平韻兩體，宋人多填仄韻詞，其平韻惟魯詞一體。」
2. 單于：唐曲中有〈小單于〉。

3. 三弄：三遍。

4. 譙門：城門上用以望遠的高樓。

5. 綠羅裙：家中著綠羅裙之人。

岳飛

字鵬舉，相州湯陰（今河南安陽）人，為北宋末年抗金名將，生於北宋徽宗崇寧二年（西元一一〇三年）。宣和年間，應真定宣撫幕，累立戰功。南渡後關至少保、河南北諸路招討使，進樞密副使，封武昌郡開國公，後罷為萬壽觀使。因不贊成與金人和議，為秦檜所陷，殞大理寺獄。淳熙六年賜謚武穆，嘉定四年追封鄂王，淳祐六年改謚忠武。

滿江紅[1]

怒髮衝冠[2]，憑闌處、瀟瀟雨歇。抬望眼、仰天長嘯，壯懷激烈。三十功名塵與土，八千里路雲和月。莫等閒、白了少年頭，空悲切。　靖康恥[3]，猶未雪；臣子恨，何時滅。駕長車踏破，賀蘭山[4]缺。壯志飢餐胡虜肉，笑談渴飲匈奴血。待從頭、收拾舊山河，朝天闕[5]。

【注釋】

1. 滿江紅：詞牌名。《填詞名解》：「〈滿江紅〉，唐《冥音錄》載：『曲名，原名〈上江虹〉，後轉易二字，得今名。』《白香詞譜題考》：「考《本草綱目》有滿江紅水草，為浮游水面之細小植物，一名芽胞果，想唐、宋時，民間已有此種名稱之水草，隨曲入詞，未可知也。或以董穀《碧里雜存》載有滿江紅為江、淮船名，則故事始自明太祖，當非詞名所本也。」
2. 怒髮衝冠：誇飾憤怒至極，此化用《史記．刺客列傳》：「髮盡上指冠。」
3. 靖康恥：靖康為北宋欽宗之年號。北宋末年，金人陷京，虜徽、欽二帝北去。
4. 賀蘭山：賀蘭山位於今日寧夏與內蒙古交界處，當時為金兵所占，此處借指敵境。
5. 天闕：京城，皇帝所住的地方。《宋書》：「便當投命有司，謝罪天闕，同奉溫情，齊心庶事。」

張掄

字才甫，號蓮社居士，開封（今河南）人。有《蓮社詞》一卷，見四印齋刊本及《彊村叢書》刊本。

燭影搖紅 上元有懷

雙闕[1]中天，鳳樓[2]十二春寒淺。去年元夜奉宸遊，曾侍瑤池[3]宴。玉殿珠簾盡

捲，擁群仙、蓬壺[4]閬苑[5]。五雲[6]深處，萬燭光中，揭天絲管。馳隙流年，恍如一瞬星霜換。今宵誰念泣孤臣，回首長安遠。可是塵緣未斷？謾惆悵、華胥[7]夢短。滿懷幽恨，數點寒燈，幾聲歸雁。

【注釋】

1. 雙闕：闕，古代宮門外瞭望的高樓，中有通道。古代天子宮門口，建有雙闕。
2. 鳳樓：指禁內樓觀。鮑照〈代陳思王京洛篇〉：「鳳樓十二重，四戶八綺窗。」
3. 瑤池：仙境。《穆天子傳》：「觴西王母於瑤池之王。」
4. 蓬壺：古代傳說，海中三神山，其一名蓬萊，因狀如壺器，又作蓬壺。見《拾遺紀》。
5. 閬苑：亦指神仙所居。
6. 五雲：祥瑞之雲備五色者。
7. 華胥：原指古代神話中無為而治的國家。《列子．黃帝》：「黃帝晝寢，夢遊華胥之國。」此處比喻短暫的夢境。

程垓

字正伯，眉州眉山（今四川）人。南宋光宗紹熙三年，曾受大詩人楊萬里之薦，應賢良方正科，未成。《古今詞話》：「《太平樂府》云：程正伯以詞名，尤尚書謂正伯之文過於詞，此乃議正伯之大者。昔晏叔原以大臣子為靡麗之詞，其政事堂中舊客，尚欲其捐有餘之才，以勉未至至德。蓋叔原獨以詞名，它文不及也。少游、魯直則已兼之，故陳吳己之作，自云不減秦七、黃九，夫亦推重其詞耳。謂正伯為秦、黃則可，為叔原則不可。」《六十一家詞選例言》：「程正伯淒婉綿麗，與草窗所錄《絕妙好詞》家法相近。」著有《書舟詞》，詞有紹熙年間王偁作序，因此垓亦為紹熙間人也。後人謂垓與蘇軾為中表兄弟，非是。

水龍吟

夜來風雨匆匆，故園定是花無幾。愁多怨極，等閒孤負，一年芳意。柳困桃慵，杏青梅小，對人容易。算好春長在，好花長見，原只是、人憔悴。　回首池南舊事，恨星星[1]、不堪重記。如今但有，看花老眼，傷時清淚。不怕逢花瘦，只愁怕、老來風味。待繁紅亂處，留雲借月[2]，也須拚醉。

【注釋】

1. 星星：喻白也。謝靈運〈遊南亭〉詩：「戚戚感物歎，星星白髮垂。」

2. 留雲借月：《白雨齋詞話》：「正伯辭工於發端，『留雲借月』，四字奇妙。」

張孝祥

字安國，號于湖居士，歷陽烏江（今安徽）人，宋高宗紹興二年（西元一一三二年）生。紹興二十四年（西元一一五四年）廷試第一，孝宗朝，累遷中書舍人直學士院，領建康留守。尋以荊南湖北路安撫使請祠，進顯謨閣直學士，致仕卒。詞鋒爽朗清俊，湯衡〈張紫微雅詞序〉：「湯嘗從公遊，見公平昔為詞，未嘗著稿，筆酣興健，頃刻即成，無一字無來處。」《四朝見聞錄》：「張孝祥精於翰墨，人稱『紫府仙』。」〈于湖先生雅詞序〉：「得公《于湖集》所作長短句凡數百篇，讀之冷然灑然，真非煙火食人詞語。予雖不及識荊，然其瀟散出塵之姿，自在如神之筆，邁往淩雲之氣，猶可以想見也。」《銅鼓畫堂遺稿》：「于湖詞聲律宏邁，音節振拔，氣雄而調雅，意緩而語峭。」有《于湖詞》二卷，見《六十家詞》刊本。又《于湖居士樂府》四卷，有雙照樓景刊宋元明本詞本；又《于湖先生長短句》五卷，《拾遺》一卷，有涉園景宋金元明詞刊本及《四部叢刊》影宋本。

六州歌頭[1]

長淮望斷，關塞莽然平。征塵暗，霜風勁，悄邊聲。黯消凝[2]，追想當年事，殆天數，非人力；洙泗[3]上，絃歌地，亦膻[4]腥。隔水氈鄉，落日牛羊下，區脫[5]縱橫。看名王宵獵[6]，騎火一川明，笳鼓悲鳴，遣人驚。

念腰間箭，匣中劍，空埃蠹，竟何成！時易失，心徒壯，歲將零，渺神京[7]。干羽[8]方懷遠，靜烽燧，且休兵。冠蓋使，紛馳騖[9]，若為情。聞道中原遺老，常南望，翠葆霓旌[10]。使行人到此，忠憤氣填膺，有淚如傾。

【注釋】

1. 六州歌頭：詞牌名。《演繁錄》：「〈六州歌頭〉，本鼓吹曲也，近世好事者倚其聲為弔古詞，音調悲壯，又以古興亡事實文之。聞其歌，使人慷慨，良不與豔詞同科，誠可喜也。」《歷代詩餘》：「〈六州歌頭〉，雙調一百四十四字。六州，伊、涼、甘、石、氐、渭也。唐時樂府多以地名，填詞因之。」《填詞名解》：「〈六州歌頭〉，本伊、涼、甘、石、渭、氐六州，皆唐西邊州名。六州皆自有歌曲，總以得名，蓋曲之變也。」《詞品》：「〈六州歌頭鼓吹曲〉，音調悲壯，不予豔詞同科。宋大典大卹皆奏此樂。」《朝野遺記》：「安國在建康留守席尚賦此歌闋，魏公為罷席而入。」魏公指建康留守張浚。

2. 黯消凝：黯然出神的意思。

3. 洙泗：洙，指洙水，河川名。泗水的支流，一源出山東省費縣北，西流入泗水；一源出曲阜縣北，南流合沂水注入泗水。泗，指泗水，河川名。源出山東省泗水縣陪尾山，分四源流因而得名。洙泗兩水一帶，為昔日孔子講學地。《禮紀．檀弓》：「我與女事夫子於洙、泗之間。」

4. 羶：羊臭。

5. 區脫：區，同甌。區脫指胡兒偵查漢土時所居的土室。《漢書．蘇武傳》：「區脫捕得雲中生口。」

6. 名王宵獵：指金酋夜獵。

7. 神京：指京城。

8. 干羽：干，木盾；羽，旗幟。干盾和羽幟，皆供樂舞時用。羽為文舞，干為武舞。《尚書．大禹謨》：「舞干羽於兩階。」

9. 冠蓋使，紛馳騖：指穿戴朝服冠冕的金朝與南宋使臣來來往往，十分頻繁的樣子。

10. 翠葆霓旌：翠葆乃天子之旗，以翠羽為飾；霓旌是一種儀仗，以羽毛染五彩之色，綴縷為旌，似虹霓之氣。見《漢書．司馬相如列傳》注。

念奴嬌[1] 過洞庭

洞庭青草[2]，近中秋、更無一點風色[3]。玉界瓊田[4]三萬頃，著我扁舟一葉。素月分輝，銀河共影，表裡俱澄澈。怡然心會，妙處難與君說。　應念嶺海經年[5]，孤光自照，肝膽皆冰雪。短髮蕭騷襟袖冷，穩泛滄浪空闊。盡挹西江，細斟北斗，萬象[6]為賓客。扣舷獨嘯，不知今夕何夕[7]。

【注釋】

1. 念奴嬌：詞牌名。《詞譜》：「蘇軾〈赤壁懷古〉詞，有『大江東去，一樽還酹江月』句，因名〈大江東去〉，又名〈酹江月〉，又名〈赤壁詞〉，又名〈酹月〉；曾覿詞，名〈壺中天慢〉；戴復古詞，有『大江西上』句，名〈大江西上曲〉；姚述堯詞，有『太平無事，歡娛時節』句，名〈太平歡〉；韓淲詞，有『年年眉壽，坐對南枝』句，名〈壽南枝〉，又名〈古梅曲〉；姜夔詞，名〈湘月〉，自注即〈念奴嬌〉；張輯詞，有『柳花淮甸春冷』句，名〈淮甸春〉；米友仁詞，名〈白雪詞〉；張翥詞，名〈百字令〉，又名〈百字謠〉；丘長春詞，名〈無俗念〉；游文仲詞，名〈千秋歲〉；《翰墨全書》詞，名〈慶長春〉，又名〈杏花天〉。此調有平韻、仄韻二體。」元稹《連昌宮詞》自注：「念奴，天寶中名倡，善歌。每歲樓下酺宴，累日之後，萬眾喧隘，嚴安之、韋黃裳輩辟易不能禁，眾樂為之罷奏。玄宗遣高力士大呼於樓上曰：『欲遣念奴唱歌，邠二十五郎吹小管逐，看人能聽否？』未嘗不悄然奉詔。」
2. 青草：湖名，以湖中多生青草，故名青草湖。湖在湖南省岳陽縣西南，湘水所匯。
3. 更無一點風色：《留青日劄》：「杜工部『關山同一點』，岑嘉州『嚴灘一點舟中月』，又『草頭一點疾如飛』，又『西看一點是關樓』，又『淨中雲一點』，花蕊夫人云『繡簾一點月窺人』，張安國詞『更無一點風色』，夫月、雲、風也、馬也、樓也，皆謂之一點，慎奇。」
4. 玉界瓊田：形容月光下湖水皎潔。

5. 嶺海經年：張孝祥曾知靜江府，兼廣南西路經略安撫使，罷官後，又起知潭州，權荊湖南路提點刑獄公事。

6. 萬象：外界一切自然景象。

7. 不知今夕何夕：語出〈越人歌〉：「今夕何夕兮搴中洲流，今日何日兮得與王子同舟。」

韓元吉

字无咎，號南澗，許昌（今河南）人，宋徽宗重和元年（西元一一一八年）生，韓維四世孫，呂東萊之外舅也。南宋孝宗隆興年間，官至吏部尚書，封穎川郡公，晚年寓居信州。有《南澗詩餘》一卷，見《彊村叢書》刊本。

六州歌頭

東風著意，先上小桃枝。紅粉膩，嬌如醉，倚朱扉。記年時，隱映新妝面，臨水岸，春將半，雲日暖，斜橋轉，夾城西。草軟莎平。跋馬[1]垂楊渡，玉勒爭嘶。認蛾眉，凝笑臉，薄拂燕脂[2]，繡戶曾窺，恨依依。　共攜手處，香如霧，紅隨步，怨春遲。消瘦損，憑誰問？只花知，淚空垂。舊日堂前燕[3]，和煙雨，又雙飛。人自老，春長好，夢佳期。前度劉郎[4]，幾許風流地，花也應悲。但茫茫暮靄，目斷武陵溪[5]，往事難追。

【注釋】

1. 跋馬：馳馬。
2. 燕脂：紅色顏料。亦泛指紅色。可作為化妝品或國畫顏料。南朝梁簡文帝〈美人晨妝〉詩：「散黛隨眉廣，燕脂逐臉生。」
3. 舊日堂前燕：語出唐劉禹錫〈烏衣巷〉詩：「舊日王謝堂前燕。」
4. 劉郎：指前注中的劉禹錫。
5. 武陵溪：用陶潛〈桃花源記〉之事。

好事近[1]

凝碧舊池[2]頭，一聽管絃淒切。多少梨園[3]聲在，總不堪華髮。　杏花無處避春愁，也傍野煙發。惟有御溝聲斷[4]，似知人嗚咽。

【注釋】

1. 好事近：詞牌名。《詞譜》：「張輯詞，有『誰謂百年心事，恰釣船橫笛』句，名〈釣船笛〉；韓

涚詞，有『吟到翠圓枝上』句，名〈翠圓枝〉。」

2. 凝碧池：王維被安祿山所拘，賦詩云：「萬戶傷心生野煙，百官何日再朝天，秋槐葉落空宮裡，凝碧池頭奏管弦。」

3. 梨園：原是唐玄宗時訓練培養樂工的地方，時選坐部伎子弟三百，教於梨園，號黃帝梨園弟子，宮女數百，亦稱梨園弟子。《新唐書．王維傳》：「祿山大宴凝碧池，悉召梨園諸工合樂。」後泛指戲班。

4. 御溝聲斷：御溝，流經御苑的溝渠。漢無名氏〈白頭吟〉詩：「躞蹀御溝上，溝水東西流。」御溝聲斷，指不聞皇宮的溝渠流水之聲。

袁去華

字宣卿，奉新（今江西）人，生卒年不詳。南宋高宗紹興十五年（西元一一四五年）進士，知石首縣。有《宣卿詞》一卷，見四印齋刊《宋元三十一家詞》本。

瑞鶴仙

郊原初過雨，見數葉零亂，風定猶舞。斜陽掛深樹，映濃愁淺黛，遙山媚嫵。來時舊路，尚巖花、嬌黃半吐。到而今惟有、溪邊流水，見人如故。無語、郵亭[1]深靜，下馬還尋，舊曾題處。無聊倦旅，傷離恨，最愁苦。縱收香藏鏡[2]，他年重到，人面桃花在否？念沉沉、小閣幽窗，有時夢去。

【注釋】

1. 郵亭：即驛站，古代傳遞信件的人沿途休息的地方。
2. 收香藏鏡：收香，典出《晉書．賈充傳》，晉韓壽與大臣賈充之女賈午私通，賈午以晉武帝賜賈充的外國奇香偷贈韓壽。藏鏡，南朝陳徐德言與妻樂昌公主於戰亂分散時各執半鏡，作為他日相見的信物，後果因此得以相聚歸合。典出唐孟棨〈本事詩．情感〉。收香藏鏡，指對於愛情的堅貞執著之意。

劍器近[1]

夜來雨，賴倩得東風吹住。海棠正妖饒處；且留取。　悄庭戶，試細聽鶯啼燕語，分明共人愁緒，怕春去。

佳樹，翠陰初轉午。重簾未捲，乍睡起，寂寞看風絮，偷彈清淚寄煙波，見江頭故人，為言憔悴如許。彩箋無數，去卻寒暄[2]，到了渾無定據。斷腸落日千山暮。

【注釋】

1. 劍器近：詞牌名。原為唐舞曲，杜甫有〈觀公孫大娘舞劍器行〉。「近」字，是宋代教坊曲體的一種。《詞譜》：「《宋史．樂志》：唐教坊奏〈劍器曲〉，其一屬中呂宮，其二屬黃鐘宮，又有劍器舞隊。此云『近』者，其聲調相近也。」《唐宋大曲考》：「〈劍器〉，陳暘《樂書》作〈劍氣〉，宋詞有〈劍氣近〉，元南曲有〈劍器令〉，或借大曲製之。」

2. 寒喧：寒溫，問寒問暖語言。

安公子[1]

弱柳千絲縷，嫩黃勻遍鴉啼處。寒入羅衣春尚淺，過一番風雨。問燕子來時，綠水橋邊路，曾畫樓、見箇人人否？料靜掩雲窗，塵滿哀絃危柱。　庾信愁如許[2]，為誰都著眉端聚？獨立東風彈淚眼，寄煙波東去。念永晝春閒，人倦如何度？閒傍枕、百囀黃鸝語。喚覺來厭厭，殘照依然花塢。

【注釋】

1. 安公子：詞牌名。《詞譜》：「唐教坊曲名。《碧雞漫志》云：據《理道要訣》，唐時〈安公子〉在太簇角。今已不傳，其見於世者，中呂調有〈安公子近〉，般涉調有〈安公子慢〉。」《教坊記》云：「隋大業末，煬帝將幸揚州。樂人王令言以年老不去，其子從焉。其子在家彈琵琶，令言驚問此曲何名？其子曰：『內裡新翻曲子，名〈安公子〉。』令言流涕悲愴，謂其子曰：『爾不須扈從，大駕必不回。』子問其故。令言曰：『此曲宮聲往而不返，宮為君，吾是以知之。』

2. 庾信愁如許：庾信，字子山，小字蘭成，南朝梁新野人。梁元帝即位，任為右衛將軍，後元帝使出使西魏，值西魏滅梁，信留長安，並任官，在北朝達二十七年。此處形容庾信流落北方，作賦多篇，表達對故國之思。

陸淞

字子逸，號雪溪，山陰（今浙江）人。官辰州守，放翁雁行也。

瑞鶴仙

臉霞紅印枕，睡覺來、冠兒還是不整。屏閒麝煤[1]冷，但眉峰壓翠，淚珠彈粉。堂深晝永，燕交飛、風簾露井。恨無人說與，相思近日，帶圍寬盡。重省，殘燈朱幌，淡月紗窗，那時風景。陽臺路迴，雲雨夢[2]，便無準。待歸來，先指花梢教看，卻把心期細問。問因循過了青春，怎生意穩？

【注釋】

1. 麝煤：製墨的原料。亦用以代指墨。唐韓偓〈橫塘〉詩：「蜀紙麝煤沾筆興，越甌犀液發茶香。」

2. 雲雨夢：戰國時楚懷王、襄王並傳有遊高唐、夢巫山神女自願薦寢事。

陸游

字務觀，號放翁，越州山陰（今浙江紹興）人。陸佃之孫，陸宰之子。南宋孝宗時，以蔭補登仕郎，賜進士出身。范成大帥蜀，為參議官，累知嚴州。嘉泰年，詔同修國史兼祕書監，升寶章閣待制，致仕卒。才氣超群，有匡復中原之志。《鶴林玉露》：「游尤長於詩，與尤袤、楊萬里、范成大為南宋四大家。兼喜填詞，嘗作詞云：『橋如虹，水如空，一葉飄然煙雨中，天教稱放翁。』」〈劍南詩稿跋〉：「孝宗一日問周益公曰：『今代詩人亦有如唐李白者？』益公以放翁對，由是人競呼為小李白。」《後村詩話》：「放翁、稼軒一掃纖豔，不事斧鑿，但時時掉書袋，要是一癖。」《藝概》：「陸放翁詞安雅清澹，其尤佳者，在蘇、秦間。然乏超然之致，天然之韻，是以人得測其所至。」《六十一家詞選例言》：「劍南屏除纖豔，獨往獨來，其逋峭沉鬱之概，求之有宋諸家，無可方比。」有《放翁詞》一卷，見《六十家詞》刊本。又《渭南詞》二卷，有雙照樓景刊宋元明本詞本。

卜算子 詠梅

驛外斷橋邊，寂寞開無主[1]。已是黃昏獨自愁，更著風和雨。　無意苦爭春，一任群芳妒。零落成泥碾[2]作塵，只有香如故[3]。

【注釋】

1. 寂寞開無主：語出杜甫〈江畔獨步尋花〉詩：「桃花一簇開無主。」
2. 碾：用圓輪之物旋轉壓之。
3. 只有香如故：《詞統》：「末句想見勁節。」

陳亮

字同甫，號龍川先生，婺州永康（今浙江）人，生於南宋紹興十三年（西元一一四三年）。陳氏為人才氣超拔，喜談兵，曾上孝宗中興五論，因不見用，憤而歸鄉。南宋光宗紹熙四年（西元一一九三年）間，策進士，擢第一，授簽書建康府判官廳公事，未知而卒。端平初，謚文毅。詞風豪邁激昂，為豪放派代表。毛晉〈龍川詞跋〉：「《龍川詞》一卷，讀至卷終，不作一妖語、媚語，殆所稱不受人憐者歟？」《藝概》：「陳同甫與稼軒為友，其人才相若，詞亦相似。」有《龍川詞》一卷，《補遺》一卷，見《六十家詞》刊本。又有四印齋刊本。

水龍吟

鬧花深處樓臺，畫簾半捲東風軟。春歸翠陌，平莎茸嫩，垂楊金淺[1]。遲日催花，淡雲閣雨，輕寒輕暖。恨芳菲世界，遊人未賞，都付與鶯和燕。　寂寞憑高念遠，向南樓、一聲歸雁。金釵鬬草[2]，青絲勒馬，風流雲散。羅綬[3]分香，翠綃封淚，幾多幽怨？正消魂、又是疏煙淡月，子規聲斷。

【注釋】

1. 垂楊金淺：形容柳花色黃。
2. 鬬草：鬬，「鬥」的古字。鬥草是一種遊戲。有三種遊戲方法，一是比賽雙方先各自採摘具有一定韌性的草，相互交叉成十字狀，各自用勁拉扯，以不斷者為勝；二是各自採集不同的花草標本，雙方鬥花草的種類，以獨得的花草多者為勝；三不僅鬥花草種類，並鬥名目對仗，講究名目相對、平仄相當，自然工巧，規則複雜高深。宗懍《荊處歲時記》：「競採百藥，謂百草以蠲除毒氣，故世有鬬草之戲。」
3. 羅綬：羅帶。

范成大

字致能，號石湖居士，吳郡（今江蘇蘇州）人。南宋高宗紹興二十四年（西元一一五四年）進士，孝宗時累官吏部尚書，拜參知政事，進資政殿學士，提舉洞霄宮，充金祈請國信使，竟得全節而歸。除敷文閣待制，四川制置使。凡人才可用者，悉致幕下，用所長，不拘小節，卒諡文穆。《古今詞話》引劉漫塘云：「范致能、陸務觀以東南文墨之彥，至為蜀帥。在幕府日，賓主唱酬，每一篇出，人以先覩為快。」《白雨齋詞話》：「石湖詞音節最婉轉。」有《石湖詞》一卷，見《知不足齋叢書》刊本，又見《彊村叢書》刊本。趙萬里有重訂本。

憶秦娥1

樓陰缺，闌干影臥東廂月。東廂月，一天風露，杏花如雪。　隔煙催漏金虬2咽，羅幃黯淡燈花結。燈花結，片時春夢，江南天闊3。

【注釋】

1. 憶秦娥：詞牌名。《詞譜》：「此詞調始自李白，自唐迄元，體各不一，要其源皆從李詞出也。因詞有『秦娥夢斷秦樓月』句，故名〈憶秦娥〉，更名〈秦樓月〉。蘇軾詞有『清光遍照雙荷葉』句，名〈雙荷葉〉。無名氏詞有『水天搖盪蓬萊閣』句，名〈蓬萊閣〉。至賀鑄始易仄韻為平韻。

張輯詞有『碧雲暮合』句，名〈碧雲深〉。宋媛孫道絢詞有『花深深』句，名〈花深深〉。」

2. 金虯：虯，音同「球」，古代傳說，龍子無角者。《說文解字》：「虯，龍無角者。」金虯，指古代漏壺中用作計時指標的箭飾。

3. 片時春夢，江南天闊：《絕妙好詞校錄》：「范石湖〈憶秦娥〉『片時春夢，江南天闊』，乃用岑嘉州『枕上片時春夢行，行盡江南數千里』詩意。」

眼兒媚[1] 萍鄉道中乍晴，臥輿中困甚，小憩柳塘

酣酣[2]日腳紫煙浮，妍暖破輕裘。困人天色，醉人花氣，午夢扶頭[3]。　春慵恰似春塘水，一片縠紋愁。溶溶曳曳[4]，東風無力，欲避還休。

【注釋】

1. 眼兒媚：詞牌名。《詞譜》：「左譽詞有『斜月小闌干』句，名〈小闌干〉。韓淲詞有『東風拂檻露猶寒』句，名〈東風寒〉。陸游詞名〈秋波媚〉。」

2. 酣酣：暖意。

3. 扶頭：酒名，傳說易醉人。唐白居易〈早飲湖州酒寄崔使君〉詩：「一榼扶頭酒。」

4. 溶溶曳曳：形容水波蕩漾。

霜天曉角[1]

晚晴風歇，一夜春威折。脈脈花疏天淡，雲來去，數枝雪。　勝絕，愁亦絕，此情誰共說？惟有兩行低雁，知人倚、畫樓月。

【注釋】

1. 霜天曉角：詞牌名。《詞譜》：「張輯詞有『一片月，當牕白』句，名〈月當牕〉。程垓詞有『須共踏夜深月』，名〈踏月〉。吳禮之詞有『長橋月，短橋月』句，名〈長橋月〉。」

辛棄疾

字幼安，嘗謂：「人生在勤，當以力田為先。北方之人，養生之具，不求於人，是以無甚富甚貧之家。南方多末作以病農，而兼併之患興，貧富斯不侔矣。」號稼軒居士，濟南歷城（今山東歷城）人，生於南宋高宗紹興十年（西元一一四〇年）。耿京聚兵山東，節制忠義軍馬，留掌書記。紹興三十二年（西元一一六二年），令奉表南歸，高宗召見，授承務郎。寧宗朝，累官浙東安撫使，加龍圖閣待制，進樞密都承旨卒。德祐初，以謝枋得請，贈少師，諡忠敏。辛棄疾性格豪爽，崇尚氣節。擅寫長短句，用詞悲壯激烈，表現主張抗金與期望收復中原的赤誠，詞作題材多樣，主要以豪放為主，善於用典，為南宋著名詞人，與北宋蘇軾並稱，號稱「蘇辛」，又備譽為

「詞中之龍」。《金粟詞話》：「稼軒之詞，胸有萬卷，筆無點塵，激昂排宕，不可一世。今人未有稼軒一字，輒紛紛有異同之論，宋玉罪人，可勝三歎。」《蓮子居詞話》：「辛稼軒別開天地，橫絕古今，《論》、《孟》、《詩小序》、《左氏春秋》、《南華》、《離騷》、《史》、《漢》、《世說》、《選學》、李杜詩，拉雜運用，彌見其筆力之峭。」《介存齋論詞雜著》：「稼軒不平之鳴，隨處輒發，有英雄語，無學問語，故往往鋒穎太露。然其才情富豔，思力果銳，南北兩朝，實無其匹，無怪流傳之廣且久也。世以蘇、辛並稱。蘇之自在處，辛偶能到之；辛之當行處，蘇必不能到；二公之詞，不可同日語也。稼軒固是才大，然情至處後人萬不能及。北宋詞多就景敘情，故珠圓玉潤，四照玲瓏。至稼軒、白石，一變而為即事敘景，使深者反淺，曲者反直。吾十年來，服膺白石，而以稼軒為外道。由今思之，可謂瞽人捫籥也。稼軒鬱勃，故情深；白石放曠，故情淺；稼軒縱橫，故才大；白石局促，故才小。」《人間詞話》：「南宋詞人，白石有格而無情，劍南有氣而乏韻，其堪與北宋人頡頏者，唯一幼安耳。近人祖南宋而祧北宋，以南宋之詞可學，北宋不可學也。學南宋者，不祖白石則祖夢窗，以白石、夢窗可學，幼安不可學也。學幼安者，率祖其粗獷滑稽，以其粗獷滑稽處可學，佳處不可學也。幼安之佳處，在有性情，有境界，即以氣象論，亦有傍素波、干青雲之概，甯後世齷齪小生所可擬耶？東坡之詞曠，稼軒之詞豪。無二人之胸襟而學其詞，猶東施之效『捧心』也。讀東坡、稼軒詞，須觀其雅量高致，有伯夷、柳下惠之風。白石雖似蟬蛻塵埃，然不免局促轅下。」有《稼軒長短句》十二卷，見涉園影宋金元明本詞續刊本及《四印齋所刻詞》刊本。又《稼軒詞》四卷，有《六十家詞》刊本。又有《稼軒甲乙丙丁集》四卷本。

賀新郎 別茂嘉十二弟

綠樹聽鵜鴂[1]離別，更那堪、鷓鴣聲住，杜鵑聲切。啼到春歸無啼處，苦恨坊菲都歇。算未抵、人生離別，馬上琵琶[2]關塞黑，更長門[3]、翠輦辭金闕。看燕燕[4]，送歸妾。

將軍百戰身名裂，向河梁[5]、回頭萬里。故人長絕。易水[6]蕭蕭西風冷，滿座衣冠似雪。正壯士、悲歌未徹。啼鳥還知[7]如許恨，料不啼、清淚長啼血，誰共我，醉明月？

【注釋】

1. 鵜鴂：鳥名，常於春分鳴。
2. 馬上琵琶：石崇〈王明君辭序〉：「昔公主架烏孫，令琵琶馬上作樂，以慰其道路之思，其送鳴君亦必爾也。」
3. 長門：漢武帝時，陳皇后失寵所居的宮殿。後比喻失寵后妃居住的地方。
4. 燕燕：《詩荊．邶風．燕燕序》：「衛莊姜送歸妾也。」
5. 河梁：《文選》李陵與蘇武詩：「攜手上河梁，遊子暮何之？」
6. 易水：荊軻自燕入秦，太子與賓客白衣冠送行至易水，見《史記．刺客列傳》。
7. 還知：如果知道。

念奴嬌 書東流[1]村壁

野塘花落，又匆匆、過了清明時節。剗地[2]東風欺客夢，一枕雲屏[3]寒怯。曲岸持觴，垂楊繫馬，此地曾經別。樓空人去，舊遊飛燕能說。　聞道綺陌東頭，行人長見，簾底纖纖[4]月。舊恨春江流不盡，新恨雲山千疊。料得明朝，尊前重見，鏡裡花[5]難折。也應驚問，近來多少華髮？

【注釋】

1. 東流：今池州有東流縣，稼軒自江西過此。
2. 剗地：剗，音同「產」。平白無故。
3. 雲屏：指以雲母石飾製的屏風。
4. 纖纖：指足部。
5. 鏡裡花：空幻之意。《圓覺經》：「用此思維，辨於佛鏡，猶如空華，復結空果。」

漢宮春 立春

春已歸來，看美人頭上，裊裊春幡[1]。無端風雨，未肯收盡餘寒。年時燕子，料今宵、夢到西園。渾未辨、黃柑薦酒[2]，更傳青韭堆盤[3]。　卻笑東風，從此便薰梅染柳，更沒些閒。閒時又來鏡裡，轉變朱顏。清愁不斷，問何人會解連環？生怕見花開花落，朝來塞雁先還。

【注釋】

1. 春幡：舊時風俗，立春時，在樹梢上掛上春旗，或用絹布剪出裝飾，簪戴在頭上，以示迎接春日。《苕溪漁隱叢話》：「《荊楚歲時記》云：『立春日悉翦綵為燕子以戴之。』故歐陽永叔詩云：『不驚樹裡禽初變，共喜釵頭燕已來。』鄭毅夫云：『漢殿鬭簪雙綵燕，並知春色上釵頭。』皆立春日帖子詩也。」
2. 黃柑薦酒：宋時舊俗，立春時要引黃柑釀成的酒，吃五辛盤。蘇軾〈立春日小集戲李端叔〉詩：「辛盤得青韭，臘酒是黃柑。」
3. 堆盤：即前注中所說五辛盤。五辛盤以韭、蔥、蒜、蓼蒿、芥菜等製成。《遵生八牋》：「立春日作五辛盤，以黃柑釀酒，謂之洞庭春色。」

賀新郎 賦琵琶

鳳尾龍香撥[1]，自開元、〈霓裳曲〉[2]罷，幾番風月。最苦潯陽江頭客[3]，畫舸亭亭待發。記出塞、黃雲堆雪。馬上離愁[4]三萬里，望昭陽[5]、宮殿孤鴻沒，絃解語，恨難說。

遼陽驛使音塵絕，瑣窗寒、輕攏慢撚[6]，淚珠盈睫。推

手[7]含情還卻手[8]，一抹〈梁州〉[9]哀徹。千古事、雲飛煙滅。賀老[10]定場無消息，想沉香亭[11]北繁華歇，彈到此，為嗚咽。

【注釋】

1. 鳳尾龍香撥：撥，是彈奏琵琶所用的撥弦器具。楊貴妃所用琵琶以龍香板為撥，以邏沙檀為槽，有金縷紅紋，蹙承雙鳳。《明皇雜錄》：「唐天寶中宦官白秀正使西蜀回，獻雙鳳琵琶，以邏沙檀為槽，以龍香柏為撥，潤若圭璧，有金縷紅紋蹙成雙鳳。楊貴妃每自奏於梨園。」
2. 霓裳曲：霓裳。樂曲名。原為西域樂舞，初名〈婆羅門曲〉。玄宗開元中，西涼節度使楊敬述獻上，又經玄宗改編增飾並配上歌詞和舞蹈，於天寶十三年改用此名。其曲舞皆描寫虛無縹緲的仙境和仙女的形象。安史之亂後，此曲散佚，後南唐李後主得殘譜，補綴成曲。
3. 潯陽江頭客：語出自白居易〈琵琶行〉起句：「潯陽江頭夜送客。」
4. 馬上離愁：石崇〈王明君辭序〉：「昔公主架烏孫，令琵琶馬上作樂，以慰其道路之思，其送鳴君亦必爾也。」
5. 昭陽：昭陽殿，漢代宮殿名。本為漢武帝所築，成帝時，為趙飛燕姊妹所居住。後世詩文、戲曲多指皇后或受寵幸的嬪妃所住的宮殿。張衡〈西京賦〉：「後宮則昭陽飛翔，增成合驩，蘭林披香，鳳皇鴛鸞。」
6. 輕攏慢撚：皆琵琶手法。《樂府雜錄》云：「裴興奴長漁攏撚。」〈琵琶行〉：「輕攏慢撚抹復挑。」
7. 推手：推手前曰琵，引卻曰琶，因以為名。見《釋名》。

8. 卻手：王安石〈明妃曲〉：「推手為琵卻手琶。」

9. 〈梁州〉：琵琶曲中有〈轉關六麼〉、〈濩索梁州〉，見《蔡寬夫詩話》。

10. 賀老：唐賀懷智善彈琵琶，見《明皇雜錄》。元稹〈連昌宮詞〉：「夜半月高絃索鳴，賀老琵琶定場屋。」

11. 沉香亭：亭以沉香木為之。唐玄宗賞花香亭，命李白賦〈清平調〉三章，有「沉香亭北倚闌干」句，見《太真外傳》。

水龍吟 登建康賞心亭1

楚天千里清秋，水隨天去秋無際。遙岑遠目，獻愁供恨，玉簪螺髻。落日樓頭，斷鴻聲裡，江南遊子，把吳鉤2看了，闌干拍遍，無人會、登臨意。休說鱸魚堪膾，盡西風、季鷹歸未3？求田問舍4，怕應羞見，劉郎才氣。可惜流年，憂愁風雨，樹猶如此5。倩何人喚取，紅巾翠袖。揾6英雄淚？

【注釋】

1. 登建康賞心亭：此詞為辛棄疾三十歲時在建康通判任上所作。賞心亭，丁謂作，見《詩話總龜》。《畫墁集．郴行錄》：「率董謀父登賞心亭。賞心、白鷺二亭相連，南北對偶，以扼淮口，憑望煙渚，杳無邊際。白鷺、蔡州皆在其下，亦金陵設險之地也。丁晉公登賞心亭，以家藏袁安〈臥雪圖〉張掛之於屏風。」《一統志》：「賞心亭在江寧縣西下水門城上。」《輿地紀勝》：「亭下臨秦淮，丁謂建。」

2. 吳鉤：《夢溪筆談》云：「唐人詩多有言吳鉤者。吳鉤，刀名也。」

3. 季鷹歸未：語出《世說新語》：「張季鷹辟齊王東曹掾，在洛見秋風起，因思吳中菰菜羹、鱸魚膾，曰：『人生貴得適意爾，何能羈宦數千里以要名爵？』遂命駕便歸。俄而齊王敗，時人皆謂見機。」

4. 求田問舍：《三國志》：「許汜論陳元龍豪氣未除，謂昔過下邳，見元龍無主客禮，自上大牀臥，使客臥下牀。劉備曰：『君有國士之名，而不留心救世，乃求田問舍，言無可采，是元龍所諱也。如我當臥百尺樓上，臥君於地，何但上下牀之間哉？』」

5. 樹猶如此：語出《世說新語》：「桓溫見昔時種柳，皆已十圍，慨然曰：『木猶如此，人何以堪？』」

6. 揾：音同「問」，擦拭、揩拭。

摸魚兒[1] 淳熙己亥[2]，自湖北漕移湖南，同官王正之置酒小山亭為賦

更能消、幾番風雨？匆匆春又歸去。惜春長怕花開早。何況落紅無數。春且住！見說道、天涯芳草無歸路。怨春不語，算只有殷勤，畫簷蛛網，盡日惹飛絮。

長門事[3]，準擬佳期又誤，蛾眉曾有人妒。千金縱買相如賦，脈脈此

情誰訴？君莫舞！君不見、玉環飛燕[4]皆塵土。閒愁最苦。休去倚危闌，斜陽正在，煙柳斷腸處。

【注釋】

1. 摸魚兒：詞牌名。《詞譜》：「一名〈摸魚子〉，唐教坊曲名。晁補之詞，有『買陂塘，旋栽楊柳』句，更名〈買陂塘〉，又名〈陂塘柳〉，或名〈邁陂塘〉；辛棄疾賦怪石詞，名〈山鬼謠〉；李治賦並蒂荷詞，有『請君試聽雙蕖怨』句，名〈雙蕖怨〉。」

2. 淳熙己亥：南宋孝宗淳熙六年，辛棄疾時年四十歲。

3. 長門事：司馬相如〈長門賦序〉云：「孝武皇帝陳皇后，時得幸，頗妬，別在長門宮，愁悶悲思。聞蜀郡成都司馬相如，天下工為文，奉黃金百斤為相如、文君取酒，因於解悲愁之辭。而相如為文，以悟主上，陳皇后復得親幸。」

4. 玉環飛燕：玉環，楊貴妃小字；飛燕，指趙飛燕，漢成帝皇后。

永遇樂 京口北固亭懷古1

千古江山，英雄無覓，孫仲謀[2]處。舞榭歌臺，風流總被、雨打風吹去。斜陽草樹，尋常巷陌，人道寄奴[3]曾住。想當年、金戈鐵馬[4]，氣吞萬里如虎。

元嘉草草[5]，封狼居胥，贏得倉皇北顧。四十三年[6]，望中猶記、燈火揚州路。可堪回首，佛貍祠[7]下，一片神鴉社鼓。憑誰問、廉頗老矣[8]，尚能飯否？

【注釋】

1. 京口北固亭懷古：此乃辛棄疾六十五歲，守京口時作。
2. 孫仲謀：即孫權，三國時東吳皇帝，繼兄長孫策之位，據有江東，與曹魏、蜀漢兩大勢力對峙，成三分天下之勢，後稱帝，國號吳，在位三十一年，世稱吳大帝。
3. 寄奴：南朝宋武帝劉裕，小字寄奴，曾住丹徒京口裡。劉裕曾為晉朝將領，討伐桓玄之亂，又討平長江上游割據勢力，統一江南。並兩次北伐，滅南燕、後秦。晉恭帝時篡晉，改國號宋，史稱「劉宋」。
4. 金戈鐵馬：金屬製之戈，披著鐵甲之馬，形容戰士。
5. 元嘉草草：南朝宋文帝年號。宋文帝為宋武帝劉裕之子。曾謂聞王玄謨論兵，使人有封狼居胥之意（狼居胥，山名，在今蒙古，漢霍去病戰勝匈奴，封狼居胥山），後命王玄謨北伐，大敗而歸。
6. 四十三年：辛棄疾從南宋寧宗開禧元年（西元一二〇五年）知鎮江府，距他在於南宋高宗紹興三十二年（西元一一六二年）奉表南歸，路經揚州時，相隔四十三年。
7. 佛貍祠：佛貍為北魏太武帝拓跋燾的小名。南朝宋文帝元嘉二十七年，魏太武帝南侵至瓜步。此蓋借魏太武帝之名，以喻金主完顏亮南侵之事。今揚州佛貍祠，即北魏太武帝之廟。
8. 廉頗老矣：廉頗在梁，趙王思復得頗，頗亦思復用。趙使使者視頗，頗為之一飯斗米，肉十斤，被甲上馬以示可用。事見《史記・廉頗藺相如列傳》。

木蘭花慢 滁州送范倅[1]

老來情味減，對別酒，怯流年[2]。況屈指中秋，十分好月，不照人圓。無情水都不管，共西風、只管送歸船。秋晚蓴鱸[3]江上，夜深兒女燈前。　征衫，便好去朝天，玉殿正思賢。想夜半承明[4]，留教視草[5]，卻遣籌邊。長安，故人問我，道愁腸、殢酒[6]只依然。目斷秋霄落雁，醉來時響空弦。

【注釋】

1. 滁州送范倅：稼軒知滁州，在宋孝宗乾道八年，明年三十三。范倅名昂，字里無考。
2. 流年：指流逝的歲月、時光。
3. 蓴鱸：晉朝張翰因見秋風起，乃思吳中菰菜、蓴羹、鱸魚膾，有歸隱故里之思。
4. 承明：漢代宮廷有承明廬，是大臣值夜所居之所。
5. 視草：為皇帝草擬製詔之稿。
6. 殢酒：沉溺飲酒。

祝英臺近[1]

寶釵分，桃葉渡[2]，煙柳暗南浦[3]。怕上層樓，十日九風雨。斷腸片片飛紅，

都無人管，更誰勸啼鶯聲住？　鬢邊覷，應把花卜歸期，纔簪又重數。羅帳燈昏，哽咽夢中語。是他春帶愁來，春歸何處？卻不解帶將愁去。

【注釋】

1. 祝英臺近：詞牌名。又稱〈祝英臺令〉、〈月底修簫譜〉。《詞譜》：「辛棄疾詞，有『寶釵分，桃葉渡』句，名〈寶釵分〉；張輯詞，有『趁月底重簫譜』句，名〈月底修簫譜〉；韓淲詞，有『燕鶯語，溪岸點點飛錦』句，名〈燕鶯語〉，又有『卻又在他鄉寒食』句，名〈寒食詞〉。」始見《東坡樂府》，應是唐宋以來民間流傳歌曲。《填詞名解》引《寧波府志》：「東晉，越有梁山伯、祝英臺嘗同學，祝先歸，梁後訪之，乃知祝為女，欲娶之，然祝已先許馬氏之子。梁忽忽成疾，後為鄞令，且死，遺言葬清道山下。明年，祝適馬氏，過其地而風濤大作，舟不能進。祝乃造塚，哭之哀慟。其地忽裂，祝投而死之。今吳中有花蝴蝶，蓋橘蠹所化，童兒亦呼梁山伯、祝英臺云。」曲調宛轉淒抑。
2. 桃葉渡：晉朝王獻之作〈桃葉歌〉，送其妾桃葉渡江。
3. 南浦：南邊的水岸。後泛指送別之地。

青玉案 元夕

東風夜放花千樹[1]，更吹落、星如雨。寶馬雕車香滿路。鳳簫聲動，玉壺[2]光轉，一夜魚龍舞[3]。　蛾兒[4]雪柳黃金縷，笑語盈盈暗香去。眾裡尋他千百度，驀然回首，那人卻在，燈火闌珊[5]處。

【注釋】

1. 花千樹：蘇味道〈正月十五夜〉詩：「火樹銀花合，星橋鐵鎖開。」花千樹與下一句星如雨，皆形容燈。
2. 玉壺：計時用的漏壺。
3. 魚龍舞：指魚燈龍燈各種各樣的燈彩。
4. 蛾兒：指婦人頭上妝飾。
5. 闌珊：衰落、蕭瑟的樣子。

鷓鴣天　鵝湖[1]歸病起作

枕簟溪堂冷欲秋，斷雲依水晚來收。紅蓮相倚渾如醉，白鳥無言定自愁。　書咄咄[2]，且休休[3]，一丘一壑也風流。不知筋力衰多少，但覺新來懶上樓。

【注釋】

1. 鵝湖：在江西鉛山縣東北十五里。

2. 咄咄：感嘆聲、驚怪聲。晉人殷浩被黜放，終日以手指向空中書寫「咄咄怪事」四字。見《晉書・殷浩傳》。

3. 休休：美也。唐司空圖退隱，隱居中條山，建休休亭，見《唐書》。故以休休為退休意。

菩薩蠻[1] 書江西造口[2]壁

鬱孤臺[3]下清江[4]水，中間多少行人淚。西北是長安[5]，可憐無數山。　青山遮不住，畢竟江流去。江晚正愁餘，山深聞鷓鴣[6]。

【注釋】

1. 菩薩蠻：此詞是辛棄疾三十六歲任江西提點刑獄時所作。
2. 造口：今名皁口鎮，在江西萬安縣南六十里。
3. 鬱孤臺：在江西贛縣西南。
4. 清江：贛江。
5. 長安：本漢、唐舊都，後通作京師之代稱。
6. 聞鷓鴣：所謂鷓鴣聲鳴聲為「行不得也哥哥」，此喻恢復無望。

姜夔

字堯章，饒州鄱陽（今江西鄱陽）人，生於南宋高宗紹興二十二年（西元一一五二年），父親姜噩，紹興三十年進士，卒於官。姜夔隨父任官，淳熙年間，作客湖南，結識閩青蕭德澡。蕭氏工詩，與楊萬里、范成大、陸游等人齊名，以其兄之女妻之，同寓湖州。因與白石洞天為鄰，姜夔自號白石道人。因受楊萬里推薦，結識范成大。當時名流，朱熹、辛棄疾、樓鑰、葉適等人，皆與其交好。范成大稱許姜夔：「其翰墨人品，皆似晉宋之雅士。」南宋寧宗慶元三年，進《大樂議》、〈琴瑟考古圖〉，乞正太常雅樂，論當時樂器、樂曲等得失，因時嫉其能，是以不獲盡所議。慶元五年，上〈聖宋鐃歌〉，詔免解與試禮部，不第而卒。《藏一話腴》云：「夔氣貌若不勝衣，家無立錐，而一飯未嘗無食客。圖書翰墨之藏，汗牛充棟。」。精於音律，能自度曲，善於琢磨字句，多詠物、記述遊歷、感懷身世。愛用典故，提倡「僻事實用，熟事虛用」，用詞清淡含蓄，喜愛暗喻聯想。張炎《詞源》稱「姜白石如野雲孤飛，去留無跡」、「不惟清空，又且騷雅，讀之使人神觀飛越」。《詞綜》：「詞之南宋始極工，姜堯章最為傑出。」《四庫全書提要》：「夔詩格高秀，為楊萬里等所推；詞亦精深華妙，尤善自度新腔，故音節文采，並冠一時。」《白雨齋詞話》：「詞法之密，無過清真。詞格之高，無過白石。詞味之厚，無過碧山。」有《白石詞》一卷，見《六十家詞》刊本。又四卷本，有《四庫全書》本，乾隆寫本，陸鍾輝本，張奔樞本，江春本，姜忠肅祠堂本，揚州《知不足齋》本，倪耘劬本，倪鴻本，《榆園叢書》本、四印齋本。六卷本有《彊村叢書》本，沈遜齋本、鄭文焯校本。

點絳脣 丁未[1]冬，過吳淞[2]作

燕雁無心，太湖西畔隨雲去。數峰清苦，商略黃昏雨。　第四橋邊[3]，擬共天隨[4]住。今何許？憑闌懷古，殘柳參差舞。

【注釋】

1. 丁未：指宋孝宗淳熙十四年。姜夔自湖州往蘇州，面謁范成大，道經吳松時所作。
2. 吳淞：一名松陵，又名笠澤，即今吳江。
3. 第四橋邊：《蘇州府志》：「甘泉橋一名第四橋，以泉品居第四也。」
4. 天隨：唐朝陸龜蒙號天隨子。《吳郡圖經續志》：「陸龜蒙宅在松江上甫里。」姜夔受陸龜蒙影響甚深，楊誠齋論姜夔：「文無不工，甚似陸天隨。」

鷓鴣天 元夕有所夢

肥水[1]東流無盡期，當初不合種相思。夢中未比丹青[2]見，暗裡忽驚山鳥啼。　春未綠，鬢先絲，人間別久不成悲。誰教歲歲紅蓮[3]夜，兩處沉吟各自知。

【注釋】

1. 肥水：《太平寰宇記》：「廬州合肥縣，肥水出縣西南八十里藍家山東南，流入於巢湖。」

2. 丹青：畫像。

3. 紅蓮：謂燈也。

踏莎行

自沔東[1]來。丁未元日[2]，至金陵江上，感夢而作。

燕燕輕盈，鶯鶯[3]嬌軟，分明又向華胥[4]見。夜長爭得薄情知？春初早被相思染。

別後書辭，別時針線，離魂暗逐郎行[5]遠。淮南皓月冷千山，冥冥歸去無人管。

【注釋】

1. 沔東：唐宋時地名，約在今日的湖北武漢。

2. 元日：大年初一。

3. 燕燕、鶯鶯：指所愛的女子。蘇軾贈張先詩：「詩人老去鶯鶯在，公子歸來燕燕忙。」

4. 華胥：原指古代神話中無為而治的國家。《列子．黃帝》：「黃帝晝寢，夢遊華胥之國。」此處比喻短暫的夢境。

5. 郎行：郎邊。

慶宮春[1]

紹熙辛亥[2]除夕。余別石湖歸吳興，雪後夜過垂虹[3]嘗賦詩云：「笠澤茫茫雁影微，玉峯重疊護雲衣，長橋寂寞春寒夜，只有詩人一舸歸。」後五年冬，復與俞商卿、張平甫、銛朴翁[4]自封禺同載，詣梁溪[5]。道經吳松。山寒天迥，雲浪四合，中夕相呼步垂虹，星斗下垂，錯雜漁火，朔吹凜凜，卮酒不能支。朴翁以衾自纏，猶相與行吟。因賦此闋，蓋過旬，塗稿乃定。朴翁咎余無益，然意所耽，不能自已也。平甫、商卿、朴翁皆工於詩。所出奇詭；余亦強追逐之。此行既歸。各得五十餘解。

雙槳蓴波，一蓑松雨，暮愁漸滿空闊。呼我盟鷗[6]，翩翩欲下，背人還過木末。那回歸去，蕩雲雪、孤舟夜發。傷心重見，依約眉山，黛痕低壓。採香徑[7]裡春寒，老子婆娑，自歌誰答？垂虹西望，飄然引去，此興平生難遏。酒醒波遠，正凝想明璫素襪[8]。如今安在？惟有闌干，伴人一霎。

【注釋】

1. 慶宮春：詞牌名。《詞譜》：「一名《慶春》。此調有平韻、仄韻兩體。平韻體，始自北宋，有周邦彥諸詞；仄韻體，始自南宋，有王沂孫諸詞。」
2. 紹熙辛亥：光宗二年。後五年，寧宗慶元二年丙辰。
3. 垂虹：吳江利往橋上有亭，曰垂虹。
4. 俞商卿、張平甫、銛朴翁：俞商卿，咸淳《臨安志》：「俞灝字商卿，世居杭，父徙烏程，登紹熙四年第。」張平甫，張鎡（功甫）異母弟，名鑑。銛朴翁，《西湖遊覽志》：「葛天民，字無懷，山陰人。初為僧，名義銛，其後還初服，一時所交皆勝士。有二侍姬：一名如夢，一名如幻，見

《癸辛雜識》。」

5. 梁溪：江蘇無錫。

6. 盟鷗：居雲水之鄉，如與鷗鳥有約。

7. 採香徑：《蘇州府志》：「採香徑在香山之旁，小溪也。吳王種香於香山，使美人泛舟於溪水採香。今自靈巖山望之，一水質如矢，故俗名箭徑。」

8. 明璫素襪：明璫即明珠，素襪是羅襪。指當時美人。曹植〈洛神賦〉：「淩波微步，羅襪生塵。」又「無微情以效愛兮，獻江南之明璫」。

齊天樂[1]

丙辰[2]歲與張功甫[3]會飲張達可之堂，聞屋壁間蟋蟀有聲，功甫約余同賦，以授歌者。功甫先成，詞甚美。余徘徊茉莉花間，仰見秋月，頓起幽思，尋亦得此。蟋蟀，中都[4]呼為「促織」，善鬥。好事者或以三二十萬錢致一枚，鏤象齒為樓觀以貯之。

庾郎[5]先自吟愁賦，淒淒更聞私語。露溼銅鋪[6]，苔侵石井，都是曾聽伊處。哀音似訴，正思婦無眠，起尋機杼。曲曲屏山，夜涼獨自甚情緒？　西窗又吹暗雨，為誰頻斷續，相和砧杵？候館迎秋，離宮[7]吊月，別有傷心無數。〈豳〉詩[8]漫與，笑籬落呼燈，世間兒女。寫入琴絲，一聲聲更苦。

【注釋】

1. 齊天樂：詞牌名。《詞譜》：「周邦彥詞，有『綠蕪凋盡臺城路』句，名〈臺城路〉；沈端節詞，

名〈五福降中天〉；張輯詞，有『如此江山』句，名〈如此江山〉。」

2. 丙辰：宋寧宗慶元二年。

3. 張功甫：名鎡，號約齋居士，著有《南湖集》。

4. 中都：謂杭州。

5. 庾郎：指庾信。庾信，字蘭成，南朝梁人，出使北周，羈留長安。明帝、武帝雅好文學，及陳氏與周通好，南北流寓之士，各許還其舊國。武帝唯放王克、殷不害等人，音信惜而不遣。庾信雖身居高位，但常懷故國之思，乃作〈哀江南賦〉、〈愁賦〉等以致其意。〈愁賦〉之文不傳，但殘文尚有「誰知一寸心，乃有萬斛愁」句。

6. 銅鋪：舊時大門，門上銜以銅環。李賀〈宮娃歌〉詩：「屈膝銅鋪鎖阿甄。」

7. 離宮：行宮，天子初巡憩於此。

8. 豳詩：豳，音同「冰」。指《詩經．豳風．七月》：「七月在野，八月在宇，九月在戶，十月蟋蟀入我牀下。」

琵琶仙[1]

〈吳都賦〉[2]云：「戶藏煙浦，家具畫船。」唯吳興為然。春遊之盛，西湖未能過也。己酉[3]歲，余與蕭時父[4]載酒南郭，感遇成歌。

雙槳來時，有人似舊曲桃根桃葉[5]。歌扇輕約飛花，蛾眉正奇絕。春漸遠、汀洲自綠，更添了、幾聲啼鴂。十里揚州[6]，三生[7]杜牧，前事休說。

又還是宮燭分煙[8]，奈愁裡、匆匆換時節。都把一襟芳思，與空階榆莢。千萬縷、藏鴉細柳，為玉尊、起舞回雪。想見西出陽關[9]，故人初別。

【注釋】

1. 琵琶仙：詞牌名，為姜夔自創曲。
2. 吳都賦：此為作者誤記，應為〈西都賦〉，唐朝李庾所作，原文應為「戶閉煙浦，家藏畫舟」。
3. 己酉：孝宗淳熙十六年。
4. 蕭時父：蕭德藻的姪，姜夔妻之親族。
5. 桃根桃葉：桃葉乃晉朝王獻之妾，獻之嘗臨渡作歌贈之，桃葉作〈團扇歌〉以答。其妹名桃根。見《古今樂錄》。
6. 十里揚州，杜牧〈贈別〉詩：「春風十里揚州路，捲上珠簾總不如。」
7. 三生：謂過去、現在、未來三世人生。白居易〈贈張處士山人〉詩：「是說三生如不謬，共疑巢許是前生。」
8. 宮燭分煙：唐韓翃〈寒食〉詩：「春城無處不飛花，寒食東風御柳斜。日暮漢宮傳蠟燭，輕煙散入五侯家。」漢桓帝封單超為新豐侯，徐璜為武原侯，貝瑗為東武侯，左悺為上蔡侯，唐衡為漁陽侯，世謂五侯，見《後漢書．宦者傳》。
9. 陽關：漢時設置於甘肅省敦煌縣西南一百三十里的關隘，因位於玉門關之南，故稱為「陽關」，是為出塞必經的地方。

八歸[1] 湘中送胡德華

芳蓮墜粉，疏桐吹綠，庭院暗雨乍歇。無端抱影消魂處，還見篠牆[2]螢暗，蘚階蛩切。送客重尋西去路，問水面、琵琶[3]誰撥？最可惜、一片江山，總付與啼鴂[4]。

長恨相逢未款，而今何事，又對西風離別？渚寒煙淡，棹移人遠，飄渺行舟如葉。想文君[5]望久，倚竹愁生步羅襪[6]。歸來後、翠尊雙飲，下了珠簾，玲瓏閒看月。

【注釋】

1. 八歸：《詞譜》：「此調有仄韻、平韻兩體。仄調者，見《白石詞》，姜夔自度平鐘商曲。平韻者，見《竹屋癡語》，高觀國自度曲。」
2. 篠牆：篠，小竹。竹牆。
3. 水面琵琶：白居易〈琵琶行〉有「忽聞水上琵琶聲」句。
4. 啼鴂：鴂，音同「絕」。鳥名。〈離騷〉：「恐鵜鴂之先鳴兮，使夫百草為之不芳。」
5. 文君：卓文君，漢臨邛人，生卒年不詳。為富商卓王孫之女，有文才。司馬相如飲於卓府，時文君新寡，相如以琴心挑之，文君夜奔相如，同歸成都。卓王孫大怒，不予接濟。後二人回臨邛賣酒，卓王孫引以為恥，不得已才將財物、僮僕分與。後相如欲娶茂陵女為妾，文君賦白頭吟，相如乃止。
6. 羅襪：絲織的襪子。李白〈玉階怨〉詩：「玉階生白露，夜久侵羅襪。卻下水晶簾，玲瓏望秋月。」

念奴嬌

余客武陵[1]，湖北憲治在焉；古城野水，喬木參天。余與二三友，日盪舟其間，薄荷花而飲，意象幽閒，不類人境。秋水且涸，荷葉出地尋丈，因列坐其下，上不見日，清風徐來，綠雲自動；間於疏處，窺見遊人畫船，亦一樂也。朅來[2]吳興，數得相羊[3]荷花中，又夜泛西湖，光景奇絕，故以此句寫之。

鬧紅一舸，記來時嘗與鴛鴦為侶。三十六陂[4]人未到，水佩風裳無數。翠葉吹涼，玉容[5]消酒，更灑菰[6]蒲雨。嫣然[7]搖動，冷香飛上詩句。日暮，青蓋[8]亭亭，情人不見，爭忍淩波去？只恐舞衣寒易落，愁入西風南浦。高柳垂陰，老魚吹浪，留我花間住。田田[9]多少，幾回沙際歸路。

【注釋】

1. 武陵：今湖南常德縣。時蕭德藻為湖北參議，姜夔客居蕭邸。
2. 朅：去也。朅來猶聿來。
3. 相羊：同徜徉。〈離騷〉：「聊逍遙以相羊。」
4. 三十六陂：宋人於詩詞中常用「三十六陂」字，乃虛解，非實地。王安石詩：「三十六陂煙水，白頭想見江南。」
5. 玉容：指荷花。
6. 菰：音同「辜」。植物名，一名茭，又名蔣。生於淺澤，春日從地下莖生新苗，高一公尺許。莖細長而尖，扁平。葉叢生。夏秋開花，綴生小花。人工栽培的嫩莖肥大可供食用。秋結果實，果實稱為雕胡米、菰米、菰粱、安胡。嫩芽、果可食用。

7. 嫣然：笑貌。
8. 青蓋：指荷葉。
9. 田田：古樂府詩：「江南可採蓮，蓮葉何田田。」

揚州慢[1]

淳熙丙申[2]至日[3]，余過維揚。夜雪初霽，薺麥彌望。入其城則四顧蕭條，寒水自碧，暮色漸起，戍角悲吟；余懷愴然，感慨今昔，因自度此曲。千巖老人[4]以為有黍離[5]之悲也。

淮左名都，竹西[6]佳處，解鞍少駐初程。過春風十里，盡薺麥青青。自胡馬[7]窺江去後，廢池喬木，猶厭言兵。漸黃昏，清角吹寒，都在空城。杜郎[8]俊賞，算而今、重到須驚。縱豆蔻[9]詞工，青樓[10]夢好，難賦深情。二十四橋[11]仍在，波心蕩冷月無聲。念橋邊紅藥，年年知為誰生？

【注釋】

1. 揚州慢：詞牌名。《詞譜》：「宋姜夔自度中呂宮曲。」
2. 丙申：南宋孝宗淳熙三年，此時姜夔約二十歲。
3. 至日：冬至日或夏至日。此處指冬至。唐杜甫〈冬至〉詩：「年年至日長為客，忽忽窮愁泥殺人。」
4. 千巖老人：即蕭德藻。蕭德藻，字東夫，閩清人，南宋高宗紹興三十一年進士，與姜夔交遊極密，以姪女妻之姜夔。因晚年居於湖州千巖競秀，自號千巖老人。

5. 黍離：《詩經．王風》的篇名。共三章。根據詩序：「黍離，閔宗周也。」一說此為行役者傷時之詩。黍離之悲比喻亡國的傷痛。

6. 竹西：亭名，在揚州城北門東五里禪智寺旁。

7. 胡馬：南宋高宗紹興三十年，完顏亮南侵，江淮軍敗，中外震駭。然亮不久為臣下弒於瓜州。

8. 杜郎：指杜牧。

9. 豆蔻：比喻美人年輕富幻想的時候。杜牧〈贈別〉詩：「娉娉嫋嫋十三餘，豆蔻梢頭二月初。春風十里揚州路，卷上珠簾總不如。」楊慎《丹鉛總錄》云：「牧之詩詠娼女，言美而少，如豆蔻花之未開。」

10. 青樓：妓院也。杜牧〈遣懷〉詩：「十年一覺揚州夢，贏得青樓薄倖名。」

11. 二十四橋：揚州景點，於瘦西湖西段，亦名廿四橋，昔為磚砌橋墩，上鋪木板，圍以紅欄。橋臨吳姓住宅。橋畔遍植芍藥，故有紅藥橋、吳家磚橋之稱。

長亭怨慢[1]

余頗喜自製曲，初率意為長短句，然後協以律，故前後闋多不同。桓大司馬[2]云：「昔年種柳，依依漢南；今看搖落，悽愴江潭；樹猶如此，人何以堪？」此語余深愛之。

漸吹盡，枝頭香絮，是處人家，綠深門戶。遠浦縈回，暮帆零亂，向何許？閱人多矣，誰得似長亭樹？樹若有情時，不會得青青如此！　日暮，望高城不見，只見亂山無數。韋郎去也，怎忘得玉環[3]分付。第一是早早歸來，怕紅萼無人為主。算空有並刀，難翦離愁千縷。

【注釋】

1. 長亭怨慢：詞牌名，一名〈長廷怨〉。《詞譜》：「姜夔自度中呂宮曲，或作〈長亭怨〉，無慢字。」
2. 桓大司馬：桓溫，字元子，晉龍亢人。初拜駙馬都尉，定蜀，攻前秦，因破姚襄有功，官至大司馬，與前燕慕容垂戰於枋頭，大敗而還，後廢帝奕，立簡文帝，陰謀篡奪，威勢顯赫，旋以疾卒。桓溫之事，見《世說新語》。
3. 玉環：《雲溪友議》云：「韋皋遊江夏，與青衣玉簫有情，約七年再會，留玉指環。八年，不至，玉簫絕食而歿。後得一歌姬，真如玉簫，中指肉隱如玉環。」

淡黃柳

客居合肥[1]南城赤闌橋之西，巷陌淒涼，與江左異；惟柳色夾道，依依可憐。因度此曲，以紓客懷。

空城曉角[2]，吹入垂楊陌。馬上單衣寒惻惻。看盡鵝黃嫩綠，都是江南舊相識。

正岑寂[3]，明朝又寒食。強攜酒、小橋宅[4]，怕梨花落盡成秋色[5]。燕燕飛來，問春何在？惟有池塘自碧。

【注釋】

1. 客居合肥：其時是宋光宗紹熙二年辛亥。

2. 曉角：早晨號角。

3. 岑寂：寂靜的意思。鮑照〈舞鶴賦〉：「去帝鄉之岑寂。」

4. 小橋宅：《三國志．周瑜》：「橋公兩女，皆國色也。策自納大橋，瑜納小橋。」在這裡借用小橋，指姜夔居於合肥時，與所愛之人的住處。

5. 梨花落盡成秋色：語出李賀〈河南府測十二月樂詞．三月〉詩：「梨花落盡成秋苑。」

暗香

[1]辛亥之冬，余載雪詣石湖[2]。止既月，授簡索句，且徵新聲，作此兩曲，石湖把玩不已，使二妓肄習之，音節諧婉，乃名之曰：〈暗香〉、〈疏影〉。

舊時月色，算幾番照我，梅邊吹笛？喚起玉人，不管清寒與攀摘。何遜[3]而今漸老，都忘卻春風詞筆。但怪得竹外疏花，香冷入瑤席。　江國，正寂寂，歎寄與路遙，夜雪初積。翠尊易泣。紅萼[4]無言耿相憶。長記曾攜手處，千樹壓、西湖寒碧。又片片、吹盡也，幾時見得？

【注釋】

1. 暗香：詞牌名。《詞譜》：「宋姜夔自度仙呂宮曲，詠梅花作也。張炎以此調詠荷花，更名〈紅情〉。」

2. 石湖：在蘇州西南，與太湖相通。范成大居於此，因號石湖居士。

3. 何遜：南朝梁東海剡人，八歲能賦詩，文與劉孝綽齊名。嘗為揚州法曹，廨舍有梅花一株，常吟詠其下。後居洛思之，請再往。抵揚州，花方盛開，遜對樹徬徨終日。杜甫〈和裴迪燈蜀州東亭送客逢早梅相憶見〉詩：「東閣官梅動詩興，還如何遜在揚州。」

4. 紅萼：指梅花。

疏影[1]

苔枝綴玉[2]，有翠禽小小，枝上同宿。客裡相逢，籬角黃昏，無言自倚修竹。昭君不慣胡沙遠，但暗憶、江南江北。想佩環月夜歸來[3]，化作此花幽獨。

猶記深宮舊事[4]，那人正睡裡，飛近蛾綠。莫似春風，不管盈盈，早與安排金屋[5]。還教一片隨波去，又卻怨玉龍[6]哀曲。等恁時[7]、重覓幽香，已入小窗橫幅。

【注釋】

1. 疏影：詞牌名。《詞譜》：「姜夔自度仙呂宮曲。張炎詞，詠荷葉，易名〈綠意〉；彭遠遜詞，有『遺佩環浮沉澧浦』句，名〈解佩環〉。」

2. 苔枝綴玉：苔梅有二種：一種苔蘚特厚，花甚多。一種苔如細絲，長尺餘。見《武林舊事》。

3. 佩環月夜歸來：杜甫〈詠懷古跡〉詩：「畫圖曾識春風面，環佩空歸夜月魂。」

4. 深宮舊事：相傳，南朝宋武帝之女壽陽公主，人日臥於含章殿簷下，梅花飄落其額，揮拂不去，成五出之花，因效法在額頭上描畫梅花的形狀，為梅花妝。
5. 金屋：漢武帝為膠東王時，曰：「若得阿嬌，當作金屋貯之。」見《漢武故事》。
6. 玉龍：笛名。羅隱〈中元甲子以辛丑駕辛蜀〉詩：「玉龍無主渡頭寒。」
7. 恁時：何時。

翠樓吟[1]

淳熙丙午[2]冬，武昌安遠樓[3]成，與劉去非諸友落之，度曲見志。余去武昌十年，故人有泊舟鸚鵡洲者，聞小姬歌此詞，問之，頗能道其事；還吳，為余言之，興懷昔遊，且傷今之離索也。

月冷龍沙[4]，塵清虎落[5]，今年漢酺初賜[6]。新翻胡部曲，聽氈幕元戎歌吹。層樓高峙，看檻曲縈紅，簷牙飛翠。人姝麗，粉香吹下，夜寒風細。　此地宜有詞仙，擁素雲黃鶴，與君遊戲。玉梯凝望久，但芳草萋萋千里。天涯情味，仗酒祓[7]清愁，花消英氣。西山外，晚來還捲，一簾秋霽。

【注釋】

1. 翠樓吟：詞牌名。《詞譜》：「姜夔自度夾鐘商曲。」
2. 淳熙丙午：宋孝宗淳熙十三年。時姜夔離漢陽，往湖州，經武昌。
3. 安遠樓：即武昌南樓。

4. 龍沙：《後漢書．班超傳贊》：「坦步蔥嶺，咫尺龍沙。」後世泛指塞外之地為龍沙。

5. 虎落：護城籬笆名，虎落。

6. 漢酺初賜：酺，音同「樸」，聚集飲酒。《漢書．文帝紀》：「十六年九月，得玉杯，刻曰：『主人延壽，令天下大酺。』出錢為醵，出食為酺。」漢酺初賜，語出《宋史．孝宗紀》：「是年正月庚辰，高宗八十壽，犒賜內外諸軍共一百六十萬緡。」

7. 祓：音同「服」，消除。

杏花天[1]影

丙午之冬，發沔口[2]。丁未正月二日，道金陵，北望淮、楚，風日清淑，小舟掛席，容與波上。

綠絲低拂鴛鴦浦，想桃葉，當時喚渡。又將愁眼與春風，待去，倚蘭橈更少駐。

金陵路，鶯吟燕舞。算潮水知人最苦。滿汀芳草不成歸，日暮，更移舟向甚處？

【注釋】

1. 杏花天：詞牌名。《詞譜》：「杏花天蔣氏《九宮譜目》入越調，辛棄疾詞：…〈杏花風〉。此調微近〈端正好〉，坊本頗多誤刻，今以六字折腰者為〈端正好〉，六字一氣者為〈杏花天〉。」

2. 沔口：漢水入江處，見《方輿勝覽》。

一萼紅

1丙午人日，余客長沙別駕之觀政堂，堂下曲沼，沼西負古垣，有盧橘幽篁，一徑深曲。穿徑而南，官梅數十株，如椒如菽，或紅破白露，枝影扶疏。著屐蒼苔細石間，野興橫生，亟命駕登定王臺2，亂湘流入麓山3；湘雲低昂，湘波容與，興盡悲來，醉吟成調。

古城陰，有官梅幾許，紅萼未宜簪。池面冰膠，牆腰雪老，雲意還又沉沉。翠藤共、閒穿徑竹，漸笑語、驚起臥沙禽。野老林泉，故王臺榭，呼喚登臨。

南去北來何事，蕩湘雲楚水，目極傷心。朱戶黏雞4，金盤簇燕5，空歎時序侵尋。曾共、西樓雅集，想垂柳、還嫋萬絲金。待得歸鞍到時，只怕春深。

【注釋】

1. 一萼紅：詞牌名。《詞譜》：「此調有平韻、仄韻兩體。平韻者，見《姜夔詞》；仄韻者，見〈樂府雅詞〉，因詞有『未教一萼，紅開鮮蕊』句，取以為名。」
2. 定王臺：在長沙縣東，漢長沙定王所築臺。見《方輿勝覽》。
3. 麓山：一名嶽麓山，在長沙西南。
4. 黏雞：舊時禮俗，大年初一為雞日，畫雞貼在門上。《荊楚歲時記》：「人日貼畫雞於戶，懸葦索其上，插符於旁，百鬼畏之。」
5. 簇燕：舊時習俗，立春時必須製作春生菜，稱為春盤。《武林舊事》形容春盤「翠縷紅絲，金雞玉燕，備極精巧」。

霓裳中序第一[1]

丙午歲，留長沙，登祝融[2]，因得其祠神之曲曰〈黃帝鹽〉[3]、〈蘇合香〉[4]。又於樂工故書中得商調〈霓裳曲〉十八闋，皆虛譜無辭。按沈氏樂律[5]〈霓裳〉道調，此乃商調；樂天詩云散序六闋，此特兩闋，未知孰是？然音節閒雅，不類今曲；余不暇盡作，作中序[6]一闋傳於世。余方羈遊，感此古音，不自知其辭之怨抑也。

亭皐正望極，亂落江蓮歸未得。多病卻無氣力，況紈扇漸疏，羅衣初索。流光過隙，歎杏梁、雙燕如客。人何在？一簾淡月，彷彿照顏色[7]。幽寂，亂蛩吟壁，動庾信、清愁似織。沉思年少浪跡，笛裡關山，柳下坊陌。墜紅[8]無信息，漫暗水、涓涓溜碧[9]。飄零久、而今何意，醉臥酒壚側[10]。

【注釋】

1. 霓裳中序第一：詞牌名。《詞譜》：「唐白居易〈霓裳羽衣舞歌〉云：『散序六奏未動衣，陽臺宿雲慵不飛。中序擘騞初入拍，秋竹吹裂春冰坼。』自注云：『散序六遍無拍故不舞，中序始有拍，亦名拍序。』宋沈括《筆談》云：『〈霓裳曲〉凡十二疊，前六疊無拍，至第七疊，方謂之疊遍，自此始有拍而舞。』按此知〈霓裳曲〉十二疊，至七疊中序始舞，故以第七疊為中序第一，蓋舞曲之第一遍也。」《詞律校刊》：「按《姜白石詞集》云：『於樂工故事中，得商調〈霓裳曲〉十八闋，皆虛譜無詞，音節閒雅，不類今曲，不暇盡作，作〈中序〉一闋。』又《心日齋詞選》云：『此調雖非白石自製，詞則創自白時，《詞律》引姜個翁，周密等調為式，個翁謬製不足數，周詞差近，踈誤亦多，且旁注可平可仄，以意為之，不免隔膜，由萬氏未見《白石詞集》耳。』」

2. 祝融：山名，為衡山七十二峯之最高峰。

3. 黃帝鹽：乃杖鼓曲，見沈括《夢溪筆談》。

4. 蘇合香：乃軟舞曲，見段安節《樂府雜錄》。

5. 沈氏樂律：指沈括《夢溪筆談》論樂律。

6. 中序：〈霓裳〉全曲分三大段：一、散序，六遍；二、中序，遍數不詳；三、破，十二遍。

7. 彷彿照顏色：杜甫〈夢李白〉詩：「落月滿屋樑，猶疑照顏色。」

8. 墜紅：落花。

9. 涓涓溜碧：杜甫〈夜宴左氏莊〉詩：「暗水流花徑，春星帶草堂。」

10. 醉臥酒壚側：《世說新語．傷逝》：「王戎與客過黃公酒壚，謂客曰：『吾與叔夜、嗣宗酣飲此壚，自嵇、阮亡後，視此雖近，邈若山河。』」

章良能

字達之，處州麗水（今浙江麗水）人，遷居湖州吳興（今浙江湖州）。南宋孝宗淳熙五年（西元一一七八年）進士，除著作佐郎。宋寧宗慶元元年（西園一一九五年）以樞密院編修兼國史院檢討。嘉泰元年（西元一二〇一年）擔任起居舍人開禧二年（西元一二〇六年）為宗正少卿，次年任直舍人院除直學士院，權兵部侍郎，嘉定元年（一二〇八年）試禮部侍郎兼直學士院，為吏部侍郎，曾修國史、實錄、玉牒，任御史中丞兼侍讀。嘉定六年（西元一二一三年）擔任參知政事，成為副相。卒諡文莊。

小重山[1]

柳暗花明春事深，小闌紅芍藥，已抽簪[2]。雨餘風軟碎鳴禽[3]，遲遲[4]日，猶帶一分陰。　往事莫沉吟。身閒時序好、且登臨。舊遊無處不堪尋，無尋處，惟有少年心。

【注釋】

1. 小重山：詞牌名。《詞譜》：「《宋史．樂志》：雙調；李邴詞，名〈小沖山〉；姜夔詞，名〈小重山令〉；韓淲詞，有『點染煙濃柳色新』句，名〈柳色新〉。」唐人例用以寫宮怨，故其調悲。
2. 抽簪：形容花朵含苞。
3. 碎鳴禽：杜荀鶴〈春宮怨〉詩：「風暖鳥聲碎，日高花影重。」
4. 遲遲：舒緩的意思。《詩經．豳風．七月》：「春日遲遲，采蘩祁祁。」

劉過

字改之，號龍洲道人，吉州太和（今江西吉安）人。喜言兵事，重義氣，強調收回北土，嘗伏闕上書請光宗過宮。復以書抵時宰，陳恢復方略，不報，放浪湖海間。與辛棄疾唱和，詞風相近。《中興以來絕妙詞選》：「改之，稼軒之客。王簡卿侍郎嘗贈以詩云：『觀渠論到前賢處，據我看來近世無。』其詞多壯語，蓋學稼軒者也。」《詞源》：「辛稼軒、劉改之作豪氣詞，非雅詞也。於文章餘暇，戲弄筆墨，為長短句之詩耳。」《藝概》：「劉改之詞，狂逸之中，自饒俊致，雖沉著不及稼軒，足以自成一家。其有意效稼軒體者，如〈沁園春〉『斗酒彘肩』等闋，又當別論。」著《龍洲詞》二卷，《補遺》一卷，見《六十家詞》刊本；又見《彊村叢書》刊本；又《後村居士詩餘》二卷，見涉園景宋、元本詞續刊本；又《後村別調》，見《晨風閣叢書》。

唐多令[1]

安遠樓小集，侑觴歌板之姬黃其姓者，乞詞於龍洲道人，為賦此。同柳阜之、劉去非、石民瞻、周嘉仲、陳孟參、孟容，時八月五日也。

蘆葉滿汀洲，塞沙帶淺流。二十年重過南樓[2]。柳下繫船猶未穩，能幾日，又中秋。　黃鶴斷磯[3]頭，故人曾到否？舊江山渾是新愁。欲買桂花同載酒，終不似，少年遊。

【注釋】

1. 唐多令：詞牌名。《詞譜》：「一作〈糖多令〉；周密因劉過詞有『二十年重過南樓』句，名〈南樓令〉；張翥詞，有『花下鈿箜篌』句，名〈箜篌曲〉。」
2. 南樓：武昌南樓有二，其一為武昌縣城樓，另一在黃鵠山頂，名白雲樓。或許宋時別名安遠，因此詞序云安遠樓。
3. 黃鶴斷磯：武昌西有黃鶴磯，上有黃鶴樓。

嚴仁

字次山，號樵溪，邵武（今福建）人。與嚴羽、嚴參，稱「邵武三嚴」。詞作多寫男女情愛。《花庵詞選》：「次山詞極能道閨闈之趣。」有《清江欸乃集》。

木蘭花

春風只在園西畔，薺菜花繁蝴蝶亂。冰池晴綠[1]照還空，香徑落紅吹已斷。

意長翻恨游絲短，盡日相思羅帶緩。寶奩[2]如月不欺人，明日歸來君試看。

【注釋】

1. 晴綠：指池水。

2. 奩：鏡匣也。

俞國寶

臨川人，淳熙年間太學生，生卒年不詳，有《醒庵遺珠集》。

風入松[1]

一春長費買花錢，日日醉湖邊。玉驄[2]慣識西湖路，驕嘶過、沽酒樓前。紅杏香中簫鼓，綠楊影裡鞦韆。　暖風十里麗人天，花壓鬢雲偏。畫船載取春歸去，餘情寄湖水湖煙。明日重扶殘醉，來尋陌上花鈿[3]。

【注釋】

1. 風入松：詞牌名。《詞譜》：「古琴曲有〈風入松〉，唐僧皎然有〈風入松〉歌，見《樂府詩集》，調名本此。亦名〈風入松慢〉。韓淲詞，有『小樓春映遠山橫』句，名〈遠山橫〉。」

2. 玉驄：白色的馬匹。
3. 花鈿：古代婦女的額飾。

張鎡

字功甫，號約齋，西秦（今陝西）人，寓居臨安，生於南宋高宗紹興二十三年（西元一一五三年），為北宋末年著名詞家張炎之曾孫，官奉議郎直祕閣。善詩詞，嘗學詩於陸游，與辛棄疾、楊萬里等人交遊。有《南湖詩餘》一卷，見《彊村叢書》本。

滿庭芳 促織兒[1]

月洗[2]高梧，露溥幽草，寶釵樓[3]外秋深。土花沿翠，螢火墜牆陰。靜聽寒聲斷續，微韻轉、淒咽悲沉。爭求侶、殷勤勸織，促破曉機心。　兒時曾記得，呼燈灌穴，斂步隨音。任滿身花影，猶自追尋。攜向華堂戲鬥，亭臺小、籠巧妝金[4]。今休說，從渠牀下[5]，涼夜伴孤吟。

【注釋】

1. 促織兒：促織，蟋蟀的別名。

2. 月洗：形容月光如水，明亮潔淨，彷彿洗過一般。

3. 寶釵樓：泛指華美的樓閣。

4. 籠巧妝金：王仁裕《開元天寶遺事》：「每秋時，宮中妃妾皆以小金籠閉蟋蟀置枕函畔，夜聽其生，民間爭效之。」

5. 從渠牀下：語出《詩經．豳風．七月》：「五月斯螽動股，六月莎雞振羽。七月在野，八月在宇，九月在戶，十月蟋蟀入我床下。」

宴山亭

幽夢初回，重陰未開，曉色催成疏雨。竹檻氣寒，蕙畹[1]聲搖，新綠暗通南浦。未有人行，纔半啟回廊朱戶。無緒，空望極霓旌[2]，錦書難據。　苔徑追憶曾遊，念誰伴鞦韆，綵繩芳柱。犀簾黛捲[3]，鳳枕雲孤，應也幾番凝佇。怎得伊來，花霧繞、小堂深處。留住，直到老不教歸去。

【注釋】

1. 蕙畹：田十二畝曰畹。〈離騷〉：「余自滋蘭之九畹兮，又樹蕙之百畝。」

2. 霓旌：雲旗。〈高唐賦〉：「霓為旌，翠為蓋。」
3. 犀簾黛捲：犀簾，有犀角為飾的簾子。黛捲，黛色捲簾。

史達祖

字邦卿，號梅溪，汴京人。生卒年不詳，約生於南宋高宗紹興三十年（西元一一六〇年），因仕途不遂，為韓侂胄省吏，頗得倚重。然因韓侂胄北伐戰敗受牽連，處以黥刑，流放江漢，晚年困頓。工於填詞，善詠物描寫。姜夔稱許：「《梅溪詞》奇秀清逸，有李長吉之韻，蓋能融情於一家，會句意於兩得。」其詞集有張鎡所作序，云：「史生之作，辭情俱到，織綃泉底，去塵眼中，妥帖輕圓，特其餘事。至於奪苕豔於春景，起悲音於商素，有瑰奇、警邁、清新、閒婉之長，而無拖蕩汙淫之失，端可以分鑣清真，平睨方回。」有《梅溪詞》一卷，見《六十名家詞》，又見《四印齋所刻詞》。

綺羅香[1] 詠春雨

做冷欺花，將煙困柳，千里偷催春暮。盡日冥迷[2]，愁裡欲飛還住。驚粉重、蝶宿西園，喜泥潤、燕歸南浦。最妨他佳約風流，鈿車不到杜陵[3]路。沉沉江上望極，還被春潮晚急，難尋官渡[4]。隱約遙峰，和淚謝娘[5]眉嫵。臨斷岸、新綠生時，是落紅、帶愁流處。記當日門掩梨花，翦燈深夜語。

【注釋】

1. 綺羅香：詞牌名。《詞譜》：「調始《梅溪詞》。」
2. 冥迷：陰暗。
3. 杜陵：古地名，亦稱樂遊原。在今陝西省長安縣東南。
4. 官渡：官中置船以渡行人，稱官渡。韋應物詩：「春潮帶語晚來急，野渡無人舟自横。」
5. 謝娘：唐朝李得裕的歌妓，後以此泛指一般歌女。

雙雙燕[1]詠燕

過春社[2]了，度簾幕中間，去年塵冷。差池[3]欲住，試入舊巢相並。還相[4]雕梁藻井，又軟語商量不定。飄然快拂花梢，翠尾分開紅影。　芳徑，芹泥[5]雨潤，愛貼地爭飛，競誇輕俊。紅樓歸晚，看足柳昏花暝。應自棲香正穩，便忘了天涯芳信。愁損翠黛雙蛾，日日畫闌獨憑。

【注釋】

1. 雙雙燕：詞牌名。《詞譜》：「調見《梅溪集》，詞詠雙燕，即以為名。」
2. 春社：古時於立春後第五個戊日為春社。於此日祭祀土神，以祈農事豐收。
3. 差池：形容燕子羽翼參差不齊。《詩經．邶風》：「燕燕於飛，差池其羽。」箋云：「差池其羽，謂張舒其尾翼。」
4. 相：細看也。
5. 芹泥：水邊長有芹草的泥地。

東風第一枝[1] 春雪

巧沁蘭心，偷黏草甲，東風欲障新暖。漫疑碧瓦難留，信知暮寒猶淺。行天入鏡，做弄出、輕鬆纖軟。料故園、不捲重簾，誤了乍來雙燕。

青未了、柳回白眼。紅欲斷、杏開素面。舊遊憶著山陰[2]，後盟遂妨上苑。寒鑪重熨，便放漫春衫針線。怕鳳靴挑菜[3]歸來，萬一灞橋相見。

【注釋】

1. 東風第一枝：詞牌名，起於史達祖之詞。
2. 山陰：晉王獻之泛舟剡溪訪戴逵，造門而返，人問故，曰：「乘興而來，興盡而去，何必見。」

3. 挑菜：宋時舊俗，農曆二三月時，百草生發，青年婦女多至郊外挖取野菜，製作春盤。並以農曆二月初二為挑菜節。《武林舊事》：「二月一日，謂之中和節，唐人最重。二日，宮中排辦挑菜御宴。先是內苑預備朱綠花斛，下以羅帛作小卷，書品目於上，繫以紅絲，上植生菜、薺花諸品。俟宴酬樂作，自中殿以次，各以金篦挑之。后妃、皇子、貴主、婕妤及都知等，皆有賞無罰。……上賞則成號珍珠、玉、金器、北珠、篦環、珠翠、領抹，次亦鋌銀、酒器、冠鐲、翠花、緞帛、龍涎、御扇、筆墨、官窯、定器之類。罰則舞唱、吟詩、念佛、飲冷水、吃生薑之類。用此以資戲笑。王宮貴邸，亦多效之。」

喜遷鶯

月波疑滴，望玉壺[1]天近，了無塵隔。翠眼圈花[2]，冰絲織練，黃道[3]寶光相直。自憐詩酒瘦，難應接許多春色。最無賴，是隨香趁燭，曾伴狂客。

蹤跡，漫記憶，老了杜郎[4]，忍聽東風笛。柳院燈疏，梅廳雪在，誰與細傾春碧[5]？舊情拘未定，猶自學當年遊歷。怕萬一，誤玉人夜寒簾隙。

【注釋】

1. 玉壺：比喻高潔。王昌齡〈芙蓉樓送辛漸〉詩二首之一：「洛陽親友如相問，一片冰心在玉壺。」
2. 圈花：疑是各種花燈。

3. 黃道：《漢書．天文志》：「日有中道，中道者黃道，一曰光道。」
4. 杜郎：指杜牧。
5. 春碧：指酒。

三姝媚[1]

煙光搖縹瓦[2]，望晴簷多風，柳花如灑。錦瑟橫牀，想淚痕塵影，鳳絃常下。倦出犀帷，頻夢見、王孫驕馬。諱道相思，偷理綃裙，自驚腰衩[3]。　惆悵南樓遙夜，記翠箔張燈，枕肩歌罷。又入銅駝[4]，遍舊家門巷，首詢聲價。可惜東風，將恨與閒花俱謝。記取崔徽[4]模樣，歸來暗寫。

【注釋】

1. 三姝媚：詞牌名，一名〈三姝媚曲〉，調見《梅溪曲》。
2. 縹瓦：琉璃瓦。皮日休詩：「全吳縹瓦十萬戶，惟我與君如袁安。」
3. 衩：音同「岔」，指衣之下端開衩者。
4. 銅駝：銅駝，洛陽街名。古時洛陽有銅駝街，冠蓋雲集，繁榮豪華，據說立二銅駝在宮外四叉路口，夾路相對，稱為「銅駝陌」。駱賓王〈豔情代郭氏答盧照鄰〉詩：「金穀園中花幾色，銅駝路上柳千條。」

5. 崔徽：蒲女崔徽與裴敬中善。敬中去，徽極怨抑，乃託人寫真致意曰：「為妾謝敬中，崔徽一旦不及卷中人，徽且謂郎死矣。」見《麗情集》。

秋霽[1]

江水蒼蒼，望倦柳愁荷，共感秋色。廢閣先涼，古簾空暮，雁程最嫌風力。故園信息，愛渠入眼南山碧。念上國，誰是膾鱸[2]江漢未歸客。　還又歲晚、瘦骨臨風，夜聞秋聲，吹動岑寂。露蛩悲、青燈冷屋，翻書愁上鬢毛白。年少俊遊渾斷得，但可憐處，無奈苒苒魂驚，採香南浦，翦梅煙驛。

【注釋】

1. 秋霽：詞牌名。《詞譜》：「一名〈春霽〉。按，此調始自胡浩然，賦春晴詞，即名〈春霽〉；賦秋晴詞，即名〈秋霽〉。」
2. 膾鱸：晉朝張翰因見秋風起，乃思吳中菰菜、蓴羹、鱸魚膾，有歸隱故里之思。

夜合花[1]

柳鎖鶯魂，花翻蝶夢，自知愁染潘郎[2]。輕衫未攬，猶將淚點偷藏。念前事，怯流光，早春窺、酥雨[3]池塘。向消凝裡，梅開半面，情滿徐妝[4]。　風絲一寸柔腸，曾在歌邊惹恨，燭底縈香。芳機瑞錦，如何未織鴛鴦。人扶醉，月依牆。是當初、誰敢疏狂！把閒言語，花房夜久，各自思量。

【注釋】

1. 夜合花：詞牌名。《詞譜》：「調見《琴趣外篇》。按，夜合花，合歡樹也，唐韋應物詩『夜合花開香滿庭』，調名取此。」
2. 潘郎：潘岳，字安仁，晉中牟人。美姿容，辭藻絕麗，尤善為哀誄之文。
3. 酥雨：雨潤如酥。
4. 徐妝：《南史．梁元帝徐妃傳》：「妃以帝眇一目，每知帝將至，必為半面妝以俟。帝見則大怒而去。」

玉蝴蝶[1]

晚雨未摧宮樹，可憐閒葉，猶抱涼蟬。短景歸秋，吟思又接愁邊。漏初長、夢

魂難禁，人漸老、風月俱寒。想幽歡土花庭甃，蟲網闌干。　無端啼蛄[2]攪夜，恨隨團扇[3]，苦近秋蓮。一笛當樓，謝娘懸淚立風前。故園晚、強留詩酒，新雁遠、不致寒暄。隔蒼煙、楚香羅袖，誰伴嬋娟。

【注釋】

1. 玉蝴蝶：詞牌名。《詞譜》：「小令始於溫庭筠，長調始於柳永。一名〈玉蝴蝶慢〉。」
2. 蛄：螻蛄，蟲名，穴居土中而鳴。
3. 恨隨團扇：班婕妤〈怨詩行序〉：「婕妤失寵，求供養太后於長信宮，乃作怨詩以自傷，託辭於紈扇云。」

八歸

秋江帶雨，寒沙縈水，人瞰[1]閣愁獨。煙蓑散響驚詩思，還被亂鷗飛去，秀句難續。冷眼盡歸圖畫上，認隔岸、微茫雲屋。想半屬、漁市樵邨，欲暮竟然竹[2]。

須信風流未老，憑持尊酒，慰此淒涼心目。一鞭南陌，幾篙官渡，賴有歌眉舒綠[3]。只匆匆殘照，早覺閒愁掛喬木。應難奈故人天際，望徹淮山，相思無雁足[4]。

【注釋】

1. 瞰：俯視也。
2. 然竹：柳宗元〈漁翁〉詩：「漁翁夜傍西巖宿，曉汲清湘然楚竹。」
3. 舒綠：古以黛綠畫眉，綠即指眉。形容歌者眉目含情。
4. 無雁足：古代傳說，雁足可以傳書，無雁足即謂無書信。

劉克莊

字潛夫，號後村居士，莆田（今福建）人。為吏部侍郎劉彌正之子，以蔭仕，淳祐年間，賜同進士出身，官龍圖閣直學士，卒諡文定。其詩學晚唐，喜好雕琢精麗；詞風繼承辛棄疾的愛國與豪放性格。《宋六十一家詞選》：「後村詞與放翁、稼軒，猶鼎三足。其生於南渡，拳拳君國似放翁，志在有為，不欲以詞人自域似稼軒。如〈玉樓春〉云：『男兒西北有神州，莫滴水西橋畔淚。』〈憶秦娥〉云：『宣和宮殿，冷煙衰草。』傷時念亂，可以怨矣。又其宅心忠厚，亦往往於詞得之。〈滿江紅．送宋惠父入江西幕〉云：『不要漢廷誇擊斷，要史家編入循良傳。』〈念奴嬌．壽方德潤〉云：『須信諂語尤甘，忠言最苦，橄欖何如蜜？』胸次如此，豈剪紅刻翠者比耶？昇庵稱其壯語，子晉稱其雄力，殆猶之皮相也。」有《後村別調》，見《六十家詞》刊本及《晨風閣叢書》刊本；又《後村長短句》五卷，有《彊村叢書》刊本。

生查子 元夕戲陳敬叟

繁燈奪霽華[1]，戲鼓侵明發[2]。物色舊時同，情味中年別。　淺畫鏡中眉，深拜樓中月。人散市聲收，漸入愁時節。

【注釋】

1. 霽華：明月。
2. 明發：謂天發明也。《詩經．小雅．小宛》：「明發不寐，有懷二人。」

賀新郎 端午

深院榴花吐，畫簾開、綀衣[1]紈扇，午風清暑。兒女紛紛誇結束，新樣釵符艾虎[2]。早已有遊人觀渡[3]。老大逢場慵作戲[4]，任陌頭、年少爭旗鼓，溪雨急，浪花舞。　靈均[5]標致[6]高如許，憶生平既紉蘭佩[7]，更懷椒醑[8]。誰信騷魂千載後，波底垂涎角黍[9]。又說是蛟饞龍怒。把似[10]而今醒到了，料當年、醉死差無苦。聊一笑，弔千古。

【注釋】

1. 綀衣：綀，音同「舒」，一種像苧布的紡織品。葛布衣。
2. 艾虎：舊俗於農曆五月五日端午節，用艾葉或布製成的虎形避邪物，多掛在房門上或佩戴在身上。《荊門記》：「午節人皆採艾為虎為人，掛於門以辟邪氣。」
3. 觀渡：《荊楚歲時記》：「五月五日競渡，俗為屈原投汨羅日，人傷其死，故命舟楫拯之。」
4. 逢場作戲：在此指藝人遇到合適的場所，就開場表演。《傳燈錄》：「鄧隱峯云：『竿木隨身，逢場作戲。』」今人偶爾遊戲，輒借用此語。
5. 靈均：靈均是屈原的小字。
6. 標致：風度。
7. 紉蘭佩：聯綴秋蘭而佩戴於身。〈離騷〉：「紉秋蘭以為佩。」
8. 椒醑：椒，香物，所以降神。醑，音同「許」，指美酒，所以享神。
9. 角黍：屈原五月五日沉江死，楚人哀之，以竹筒貯米投水，裹以楝葉，纏以綵縷，使不為蛟龍所吞云。見《齊諧記》。
10. 把似：假如。

賀新郎 九日

湛湛[1]長空黑，更那堪、斜風細雨，亂愁如織。老眼平生空四海，賴有高樓百尺。看浩蕩、千崖秋色。白髮書生神州淚，儘淒涼不向牛山[2]滴。追往事，去無迹。　少年自負淩雲筆[3]，到而今春華落盡[4]，滿懷蕭瑟。常恨世人新意少，愛說南朝狂客[5]。把破帽年年拈出。若對黃花孤負酒，怕黃花也笑人岑寂。鴻去北，日西匿。

【注釋】

1. 湛湛：深貌。
2. 牛山：在東山省臨淄縣南。齊景公遊牛山，北臨其國城而流涕。見《晏子春秋》。《物原》云：「齊景公始為登高。」
3. 淩雲筆：豪氣淩雲之筆墨。
4. 春華落盡：喻豪氣消除。
5. 南朝狂客：指孟嘉。晉朝孟嘉為桓溫參軍，曾於重陽節共登龍山，風吹帽落而不覺。

木蘭花　戲林推

年年躍馬長安市，客舍似家家似寄。青錢換酒日無何，紅燭呼盧[1]宵不寐。易挑錦婦機中字[2]，難得玉人心下事。男兒西北有神州，莫滴水西橋[3]畔淚。

【注釋】

1. 呼盧：一種古代賭博。猶今之擲骰子。古時賭博，削木為骰子，一面塗黑，畫犢，一面塗白，畫雉，共五子；五子全黑叫做「盧」，是頭采。投擲時，希望得盧，連連呼它。所以稱為「呼盧」。鮑宏《博經》：「古者烏曹作博，以五木為子，有梟、盧、雉、犢，為勝食之采。晉劉毅樗蒲，餘人並黑犢。唯毅得雉，大喜，褰衣繞牀，叫曰：『非不能盧，不專此爾。』劉裕因援五木曰：『試為卿答。』既而四子俱黑，一子轉躍未定，裕厲聲喝之，即成盧。」

2. 機中字：《麗情集》：「前秦竇滔恨其妻蘇氏，及鎮襄陽，與蘇絕音問，蘇因織錦為迴文詩寄滔，滔覽錦字，感其妙絕，乃具車迎蘇。」

3. 水西橋：玉人所居之處。

盧祖皋

字申之，又字次夔，號蒲江，永嘉人，樓鑰之甥。慶元五年（西元一一九九年）進士，嘉定時為軍器少監，嘉定十四年權直學士院。《貴耳集》：「蒲江貌宇修整，作小詞纖雅。」《介存齋論詞雜著》：「蒲將小令時有佳處，長篇則枯寂無味，此才小也。」有《蒲江詞》，見《六十家詞》刊本，又見《彊村叢書》刊本。

江城子

畫樓簾幕捲新晴，掩銀屏，曉寒輕。墜粉飄香，日日喚愁生。暗數十年湖上路，能幾度、著娉婷[1]。　年華空自感飄零，擁春酲[2]，對誰醒？天闊雲閒，無處覓簫聲。載酒買花年少事，渾不似、舊心情。

【注釋】

1. 娉婷：美人。唐．白居易〈夜聞歌者〉詩：「獨倚帆檣立，娉婷十七八。」
2. 酲：音同「程」，指人飲酒後身體不舒服，或酒後神智不清的樣子。

宴清都[1]

春訊飛瓊管[2]，風日薄，度牆啼鳥聲亂。江城次第[3]，笙歌翠合，綺羅香暖。溶溶[4]澗淥冰泮，醉夢裡，年華暗換。料黛眉，重鎖隋堤，芳心還動梁苑。

新來雁闊雲音，鸞分鑑影，無計重見。春啼細雨，籠愁淡月，恁時[5]庭院。離腸未語先斷，算猶有憑高望眼。更那堪衰草連天，飛梅弄晚。

【注釋】

1. 宴清都：詞牌名。《詞譜》：「調始《清真樂府》，程垓詞名〈四代好〉。」
2. 瓊管：古以葭莩灰實律管，候至則灰飛管通。葭即蘆，管以玉為之。
3. 次第：迅急之辭。
4. 溶溶：形容水盛大的樣子。
5. 恁時：此時。

潘牥

字庭堅，號紫巖，閩人。南宋理宗端平二年（西元一二三五年）進士，歷太學正，通判潭州。有《紫巖集》，近趙萬里輯《紫巖詞》一卷。

南鄉子[1] 題南劍州[2]妓館

生怕倚闌干，閣下溪聲閣外山。惟有舊時山共水，依然，暮雨朝雲去不還。

應是躡飛鸞[3]，月下時時整佩環。月又漸低霜又下，更闌，折得梅花獨自看。

【注釋】

1. 南鄉子：詞牌名。《詞譜》：「唐教坊曲名。此詞有單調、雙調。單調者始自歐陽炯詞，馮延巳、李珣俱本此添字。雙調者始自馮延巳詞。」
2. 南劍州：指今福建南平縣。
3. 躡飛鸞：比喻歌妓有如仙人一般。

陸叡

字景思，號雲西，會稽人。淳祐中沿江制置使參議，除禮部員外，官至集英殿修撰，江南東路計度轉運副史兼懷西總領。

瑞鶴仙

溼雲黏雁影，望征路，愁迷離緒難整。千金買光景，但疏鐘催曉，亂鴉啼暝。花悰[1]暗省，許多情，相逢夢境。便行雲都不歸來，也合寄將音信。

孤迴，盟鸞心在，跨鶴[2]程高，後期無準。情絲待翦，翻惹得舊時恨。怕天教何處，參差雙燕，還染殘朱賸粉。對菱花[3]與說相思，看誰瘦損？

【注釋】

1. 花悰：悰，音同「叢」，心情、心緒的意思。花悰，指花嬌彷彿如有心事。

2. 跨鶴：傳說以跨鶴而升天為成仙。

3. 菱花：古代常以菱花為銅鏡背面的圖案，故為鏡子的代稱。

吳文英

字君特，號夢窗，晚年號覺翁，四明（今浙江寧波）人。本姓翁，而出後吳者。終身未仕，紹定中，入蘇州倉幕，後客榮王邸，受知於丞相吳潛，往來於蘇杭之間。《宋四家詞選》：「夢窗奇思壯采，騰天潛淵，返南宋之清泚，為北宋之穠摯。」鄭文焯〈夢窗詞跋〉：「君特為詞，用雋上之才，別構一格，拈韻習取古諧，舉典務出奇麗，如唐賢詩家之李賀，文流之孫樵、劉蛻，錘幽鑿險，開逕自行，學者匪造次所能陳其細趣也。其取字多從長吉詩中得來，故造句奇麗。世士罕尋其源，輒疑太晦，過矣。」《香海棠館詞話》：「宋詞有三要：重、拙、大。重者，沉著之謂，在氣格，不在字句。於夢窗詞，庶幾見之。即其芬悱鏗麗之作，中間雋句豔字，莫不有沉摯之思，灝瀚之氣，挾之以流轉，令人玩索而不能盡，則其中之所存者厚。沉著者，厚之發見乎外者也。欲學夢窗之緻密，先學夢窗之沉著。即緻密，即沉著，非出乎緻密之外，超乎緻密之上，別有沉著一境也。夢窗之詞，與東坡、稼軒諸公，實殊流而同源，其見為不同者，則夢窗緻密其外耳。其至高至精處，雖欲擬議形容之，猶苦不得其神似。穎惠之士，束髮操觚，勿輕言學夢窗也。」有夢窗甲、乙、丙、丁稿，見《六十家詞》刊本。又有曼陀羅華閣刊本及《彊村叢書》刊本。

渡江雲[1] 西湖清明

羞紅鬟淺恨，晚風未落，片繡點重茵[2]。舊堤分燕尾[3]，桂棹[4]輕鷗，寶勒[5]倚殘雲。千絲[6]怨碧，漸路入仙塢迷津。腸漫回，隔花時見、背面楚腰[7]身。

逡巡，題門[8]惆悵，墮履[9]牽縈，數幽期難準，還始覺留情緣眼，寬帶[10]因春。明朝事與孤煙冷，做滿湖風雨愁人。山黛暝，塵波澹綠無痕。

【注釋】

1. 渡江雲：《詞譜》：「周密詞，名〈三犯渡江雲〉。」《填詞名解》：「〈渡江雲〉，小石曲調，取唐人詩『唯鶩一行雁，橫斷渡江雲』。」
2. 重茵：厚蓆，比喻芳草如茵。
3. 燕尾：西湖蘇堤與白堤交叉，形如燕尾。
4. 桂棹：桂木做的船槳，比喻華美的船。南朝梁簡文帝〈與劉孝綽書〉：「曉河未落，拂桂棹而先征；夕鳥歸林，懸孤帆而未息。」
5. 寶勒：勒，馬絡頭。寶勒，指寶馬。
6. 千絲：指楊柳。
7. 楚腰：楚靈王喜歡腰細的女子，所以國人多餓其身，以求細腰。楚諺：「楚王好細腰，宮中多餓死。」
8. 題門：本呂安題嵇康門事，見《世說新語·簡傲》：「嵇康與呂安善，每一相思，千里命駕。安後來，值康不在，喜出戶，延之不入，題門上作『鳳』字而去。」但此處作不過解。

9. 墮履：指張良遇黃石公事，因為之撿履，後得授兵書，事見《史記》。此處作留宿解。

10. 寬帶：古詩：「衣帶日已緩。」

夜合花

白鶴江[1]入京，泊葑門[2]，有感。

柳暝河橋，鶯清臺苑，短策[3]頻惹春香。當時夜泊，溫柔便入深鄉。詞韻窄，酒杯長。翦蠟花、壺箭[4]催忙。共追遊處，淩波翠陌，連棹橫塘。　十年一夢[5]淒涼，似西湖燕去，吳館巢荒。重來萬感，依前喚酒銀罌[6]。溪雨急，岸花狂，趁殘鴉飛過蒼茫。故人樓上，憑誰指與，芳草斜陽？

【注釋】

1. 白鶴江：又名鶴江、白鶴溪，本松江別派，見《蘇州府志》。
2. 葑門：在蘇州東南角。
3. 策：馬鞭。
4. 壺箭：古代以銅壺盛水，壺中立箭以計時刻。
5. 十年一夢：杜牧〈遣懷〉詩：「十年一覺揚州夢，贏得青樓薄倖名。」
6. 銀罌：大腹小口酒器。

霜葉飛[1]重九

斷煙離緒，關心事，斜陽紅隱霜樹。半壺秋水薦黃花，香噀[2]西風雨。縱玉勒、輕飛迅羽，淒涼誰弔荒臺[3]古。記醉踏南屏[4]，彩扇咽寒蟬，倦夢不知蠻素[5]。

聊對舊節傳杯，塵箋蠹管，斷闋經歲慵賦。小蟾[6]斜影轉東籬，夜冷殘蛩語。早白髮、緣愁萬縷，驚飆從捲烏紗[7]去，漫細將、茱萸[8]看，但約明年，翠微高處。

【注釋】

1. 霜葉飛：詞牌名。《詞譜》：「調見《片玉集》，因詞有『素娥青女鬥嬋娟』句，更名〈鬥嬋娟〉。」
2. 噀：音同「訊」。本作潠，噴水。
3. 荒臺：宋武帝重陽日登戲馬臺，臺在彭城，楚項羽閱兵處。
4. 南屏：指南屏山，在錢塘縣西南，峰巒秀麗，環立如屏。西湖十題有：「南屏晚鐘。」
5. 蠻素：《雲溪友議》：「白樂天有二妾，樊素善歌，小蠻善舞。」白居易〈楊柳詞〉詩：「櫻桃樊素口，楊柳小蠻腰。」
6. 小蟾：小月。
7. 烏紗：古官帽名，視朝及見賓客之服，見《唐書．車服志》。
8. 茱萸：植物名，為吳茱萸、食茱萸、山茱萸三種植物的通稱。舊時風俗於農曆九月九日折茱萸插

頭，可以辟邪。《續齊諧記》曾言桓景一家曾於九月九日佩茱萸，登高飲菊花酒以避災。杜甫〈九日藍田崔氏莊〉詩：「明年此會知誰健，醉把茱萸仔細看。」

宴清都 連理海棠

繡幄[1]鴛鴦柱，紅情密、膩雲低護秦樹[2]。芳根兼倚，花梢鈿合[3]，錦屏人妒。東風睡足交枝[4]，正夢枕瑤釵燕股[5]。障灩蠟、滿照歡叢，嫠蟾[6]冷落羞度。

人間萬感幽單，華清[7]慣浴，春盎[8]風露。連鬟[9]並暖，同心共結，向承恩處。憑誰為歌〈長恨〉[10]？暗殿鎖、秋燈夜語。敘舊期、不負春盟，紅朝翠暮。

【注釋】

1. 繡幄：繡幕，所以籠花。
2. 秦樹：秦中有雙珠海棠。
3. 鈿合：鈿盒，有上下兩尾。
4. 交枝：枝柯相交，韓愈〈石鼓歌〉詩：「珊瑚玉樹交枝柯。」
5. 燕股：釵有兩股，狀如燕尾。
6. 嫠蟾：嫠，音同「離」，寡婦。嫦娥無夫，故曰嫠蟾。

7. 華清：指楊貴妃曾浴於華清池

8. 盎：指豐滿的池水。

9. 連鬟：女子所梳雙髻，名同心結。

10. 〈長恨〉：白居易有〈長恨歌〉。

齊天樂

華堂

煙波桃葉西陵[1]路，十年斷魂潮尾。古柳重攀，輕鷗聚別，陳跡危亭獨倚。涼颸[2]乍起，渺煙磧[3]飛帆，暮山橫翠。但有江花，共臨秋鏡[4]照憔悴。

燭暗送客，眼波回盼處，芳豔流水。素骨凝冰，柔蔥[5]蘸雪，猶憶分瓜深意。清尊未洗，夢不溼行雲，漫沾殘淚。可惜秋宵，亂蛩疏雨裡。

【注釋】

1. 西陵：在今錢塘江之西。古詞：「何處結同心，西陵松柏下。」上文桃葉與此處西陵，皆指所思之妓。

2. 颸：音同「斯」，涼風。

3. 磧：淺水中砂石或沙洲。

4. 秋鏡：秋水如鏡。

5. 柔蔥：指手。

花犯

郭希道送水仙索賦

小娉婷[1]，清鉛素靨[2]，蜂黃[3]暗偷暈，翠翹[4]欹鬢。昨夜冷中庭，月下相認，睡濃更苦淒風緊。驚回心未穩。送曉色、一壺蔥蒨[5]，才知花夢準。湘娥[6]化作此幽芳，淩波路，古岸雲沙遺恨。臨砌影，寒香亂、凍梅藏韻。熏鑪畔、旋移傍枕，還又見、玉人垂紺鬒[7]。料喚賞、清華池館，臺杯[8]須滿引。

【注釋】

1. 娉婷：形容美貌。
2. 清鉛素靨：靨，面上酒窩。形容水仙白瓣。
3. 蜂黃：唐代以蝶粉蜂黃，形容宮妝。此處用以形容水仙黃蕊。
4. 翠翹：翠玉妝飾，形容水仙綠葉。
5. 蔥蒨：青翠顏色。在此指水仙。
6. 湘娥：湘江女神。
7. 紺鬒：紺，青色。鬒，美髮。形容濃密而黑的美髮。
8. 臺杯：大小杯重疊成套名臺杯。

浣溪沙

門隔花深舊夢遊，夕陽無語燕歸愁，玉纖[1]香動小簾鉤。　落絮無聲[2]春墮淚，行雲有影月含羞，東風臨夜冷於秋。

【注釋】

1. 玉纖：白皙的纖手。
2. 落絮無聲：劉長卿〈別嚴士元〉詩：「閒花落地聽無聲。」

浣溪沙

波面銅花[1]冷不收，玉人垂釣理纖鉤[2]，月明池閣夜來秋。　江燕話歸成曉別，水花紅減似春休，西風梧井葉先愁。

【注釋】

1. 銅花：銅鏡，喻水波清澈如鏡。
2. 纖鉤：月影。黃庭堅〈浣溪紗〉：「驚魚錯認月沉鉤。」

點絳脣 試燈[1]夜初晴

捲盡愁雲，素娥[2]臨夜新梳洗。暗塵不起，酥潤淩波地。　輦路[3]重來，彷彿燈前事。情如水，小樓熏被，春夢笙歌裡。

【注釋】

1. 試燈：舊俗正月十五元宵節張燈祈求豐年，前一日準備及預演元宵節目，稱為「試燈」。劉辰翁〈蘭陵王．送春去〉詞：「亂鴉過，斗轉城荒，不見來時試燈處。」
2. 素娥：月。
3. 輦路：輦，帝王之車。輦路即指帝王車駕經行之路。

祝英臺近 春日客龜溪[1]遊廢園

採幽香，巡古苑，竹冷翠微路。鬬草[2]溪根，沙印小蓮步。自憐兩鬢清霜，一年寒食，又身在雲山深處。　晝閒度，因甚天也慳春，輕陰便成雨？綠暗長亭，歸夢趁風絮。有情花影闌干，鶯聲門徑，解留我霎時凝佇。

【注釋】

1. 龜溪：《德清縣志》：「龜溪古名孔愉澤，即餘不溪之上流。昔孔愉見漁者得白龜於溪上，買而放之。」

2. 鬬草：鬬，「鬥」的古字。鬥草是一種遊戲。有三種遊戲方法，一是比賽雙方先各自採摘具有一定韌性的草，相互交叉成十字狀，各自用勁拉扯，以不斷者為勝；二是各自採集不同的花草標本，雙方鬥花草的種類，以獨得的花草多者為勝；三不僅鬥花草種類，並鬥名目對仗，講究名目相對、平仄相當，自然工巧，規則複雜高深。宗懍《荊處歲時記》：「競採百藥，謂百草以蠲除毒氣，故世有鬬草之戲。」

祝英臺近 除夜立春

翦紅情，裁綠意[1]，花信[2]上釵股。殘日東風，不放歲華去。有人添燭西窗，不眠侵曉，笑聲轉新年鶯語[3]。　舊尊俎，玉纖曾擘黃柑，柔香繫幽素[4]。歸夢湖邊，還迷鏡中路[5]。可憐千點吳霜，寒消不盡，又相對落梅如雨。

【注釋】

1. 紅情綠意：指春幡。剪綵為紅花綠葉，簪點裝飾在頭上。

2. 花信：花期。

3. 新年鶯語：杜甫〈傷春〉詩：「鶯入新年語。」

4. 幽素：幽情素心。

5. 鏡中路：言湖水如鏡。

澡蘭香[1] 淮安重午[2]

盤絲[3]繫腕，巧篆[4]垂簪，玉隱紺紗睡覺[5]。銀瓶[6]露井，綵箑[7]雲窗，往事少年依約。為當時曾寫榴裙[8]，傷心紅綃褪萼。黍夢光陰，漸老汀洲煙蒻[9]。

莫唱江南古調，怨抑難招，楚江沉魄[10]。薰風燕乳，晴雨槐黃，午鏡[11]澡蘭[12]簾幕。念秦樓[13]、也擬人歸，應翦菖蒲[14]自酌。但悵望一縷新蟾，隨人天角。

【注釋】

1. 澡蘭香：詞牌名。《詞譜》：「調見吳文英《夢窗甲稿》，因詞有『午鏡澡蘭簾幕』句，取以為名。」

2. 重午：農曆五月五日端午節。

3. 盤絲：腕上繫五色絲絨，為端午節舊俗。東漢應劭《風俗通・佚文》：「午日，以五彩絲繫臂，避鬼及兵，令人不病瘟，一名長命縷，一名辟兵紹。」

4. 巧篆：簪上插精巧紙花。

5. 玉隱紺紗睡覺：紺，天青色。指美人隱在天青色的紗帳中睡覺。
6. 銀瓶：汲水用。端午舊俗，以此日正午之水洗滌身體，有避疫的功效。
7. 綵箑：箑，音同「霎」，以羽毛或竹製成的彩扇，指歌。
8. 榴裙：紅裙子。《宋書》：「羊欣著白練裙晝寢，王獻之詣之，書其裙數幅而去。」
9. 煙蒻：蒻，音同「若」。形容蒲草柔弱。
10. 楚江沉魄：指屈原自沉。
11. 午鏡：水清如鏡。
12. 澡蘭：端午之日，蓄蘭沐浴，見《大戴禮》。
13. 秦樓：秦穆公女弄玉語蕭史吹簫引鳳，穆公為築鳳臺，後遂傳為秦樓。見《列仙傳》。
14. 菖蒲：端午以菖蒲一寸九節者泛酒，以辟瘟氣。見《荊楚歲時記》。

風入松

聽風聽雨過清明，愁草瘞[1]花銘。樓前綠暗分攜路，一絲柳、一寸柔情。料峭春寒中酒，交加曉夢啼鶯。　西園日日掃林亭，依舊賞新晴。黃蜂頻撲鞦韆索，有當時纖手香凝。惆悵雙鴛[2]不到，幽階一夜苔生。

【注釋】

1. 瘞：音同「義」，埋葬。
2. 雙鴛：履跡。古詩：「全由履跡少，併欲上階生。」

鶯啼序[1] 春晚感懷

殘寒正欺病酒，掩沉香繡戶。燕來晚、飛入西城，似說春事遲暮。畫船載、清明過卻，晴煙冉冉吳宮樹。念羈情、遊蕩隨風，化為輕絮。　十載西湖，傍柳繫馬，趁嬌塵軟霧。遡紅漸招入仙溪，錦兒[2]偷寄幽素。倚銀屏、春寬夢窄，斷紅溼[3]、歌紈金縷[4]。暝隄空，輕把斜陽，總還鷗鷺。　幽蘭旋老，杜若還生，水鄉尚寄旅。別後訪、六橋[5]無信，事往花委，瘞玉埋香，幾番風雨。長波妒盼，遙山羞黛，漁燈分影春江宿，記當時、短楫桃根渡[6]，青樓彷彿。臨分敗壁題詩，淚墨慘澹塵土。　危亭望極，草色天涯，歎鬢侵半苧[7]。暗點檢、離痕歡唾，尚染鮫綃[8]。嚲鳳[9]迷歸，破鸞[10]慵舞。殷勤待寫，書中長恨，藍霞遼海沉過雁，漫相思、彈入哀箏柱。傷心千里江南[11]，怨曲重招，斷魂在否？

【注釋】

1. 鶯啼序：詞牌名。《詞譜》：「一名〈豐樂樓〉，見《夢窗乙稿》。」
2. 錦兒：錢塘江妓楊愛愛侍兒，見《侍兒小名錄》。
3. 斷紅溼：形容淚溼。
4. 歌紈金縷：歌紈，歌唱時所執之紈扇。金縷，金線繡成之衣。
5. 六橋：西湖之堤橋，外湖六橋是宋朝蘇軾建，名映波、鎖瀾、望山、壓堤、東浦、跨虹。裡湖六橋為明代楊孟映建，名環璧、流金、臥龍、隱秀、景竹、濬源。
6. 桃根渡：桃葉乃晉朝王獻之妾，獻之嘗臨渡作歌贈之，桃葉作〈團扇歌〉以答。其妹名桃根。
7. 苧：蔴科，背面白色，此處形容髮白如苧。
8. 鮫綃：傳說中鮫人所織的絲絹。
9. 嚲鳳：嚲，音同「朵」，垂下的樣子。嚲鳳，指垂翅之鳳。
10. 破鸞：謂破鏡。晉罽賓王獲一鸞鳥，不鳴，後懸鏡映之乃鳴，事見《藝文類聚》引范泰〈鸞鳥詩序〉。後世稱鏡為鸞鏡。
11. 千里江南：〈招魂〉：「目極千里兮傷春心，魂兮歸來哀江南。」

惜黃花慢[1]

次吳江，小泊，夜飲僧窗惜別。邦人趙簿攜小妓侑尊。連歌數闋，皆清真詞。酒盡已四鼓，賦此詞餞尹梅津[2]

送客吳皋，正試霜夜冷，楓落[3]長橋。望天不盡，背城漸杳，離亭黯黯，恨水迢迢。翠香零落紅衣[4]老，暮愁鎖、殘柳眉梢。念瘦腰、沈郎[5]舊日，曾繫蘭橈。仙人鳳咽瓊簫。悵斷魂送遠，〈九辯〉[6]難招。醉鬟[7]留盼，小窗翦燭，歌雲載恨，飛上銀霄。素秋不解隨船去，敗紅趁一葉寒濤。夢翠翹[8]，怨鴻料過南譙[9]。

【注釋】

1. 惜黃花慢：詞牌名。《詞譜》：「此調有仄韻、平韻兩體。仄韻者，見《逃禪詞》；平韻者，見《夢窗詞》，與〈惜黃花〉令詞不同。」
2. 尹梅津：名煥，字惟曉，山陰人。嘉定十年進士。自畿漕除右司郎官。為作者之友。
3. 楓落：唐崔明信詩：「楓落吳江冷。」
4. 紅衣：荷花。
5. 沈郎：指沈約。沈約與徐勉書：「老病百日數旬，革帶常應遺孔。」
6. 九辯：《楚辭》篇名，屈原弟子宋玉作。
7. 醉鬟：指歌女。
8. 翠翹：女子首飾，即以代表所思之女子。
9. 南譙：南樓。

高陽臺

宮粉雕痕，仙雲墮影，無人野水荒灣。古石埋香，金沙鎖骨連環。南樓不恨吹橫笛，恨曉風千里關山。半飄零、庭上黃昏，月冷闌干。　壽陽空理愁鸞，問誰調玉髓，暗補香瘢[1]？細雨歸鴻，孤山無限春寒。離魂難倩招清些，夢縞衣[2]解佩溪邊。最愁人、啼鳥晴明，葉底清圓。

【注釋】

1. 玉髓、香瘢：指壽陽梅花妝。相傳，南朝宋武帝之女壽陽公主，人日臥於含章殿簷下，梅花飄落其額，揮拂不去，成五出之花，因效法在額頭上描畫梅花的形狀，為梅花妝。
2. 縞衣：白衣。

高陽臺 豐樂樓[1]分韻[2]得「如」字

修竹凝妝，垂楊駐馬，憑闌淺畫成圖。山色誰題？樓前有雁斜書。東風緊送斜陽下，弄舊寒、晚酒醒餘。自消凝，能幾花前，頓老相如[3]？　傷春不在高樓上，在燈前敧枕，雨外熏鑪。怕檥[4]游船，臨流可奈清臞[5]？飛紅若到西湖底，攬翠瀾、總是愁魚。莫重來、吹盡香綿，淚滿平蕪。

【注釋】

1. 豐樂樓：豐樂樓，南宋淳祐年間所建，宏麗非常。吳文英曾江所賦〈鶯啼序〉書之於壁，為人所傳頌。
2. 分韻：作詩詞時，舉定數字為韻，各自拈取或互相分派，各依所拈派之韻以成句。唐白居易〈花樓望雪命宴賦詩〉：「素壁聯題分韻句，紅爐巡飲暖寒杯。」
3. 相如：司馬相如，漢武帝時賦家，所作有〈子虛〉、〈上林〉、〈大人〉等賦。
4. 檥：音同「已」。或寫作「艤」，停船靠岸的意思。
5. 清臞：臞，音同「渠」。形容清瘦無肉的樣子。

三姝媚 過都城舊居有感

湖山經醉慣，漬[1]春衫，啼痕酒痕無限。又客長安，歎斷襟零袂，涴[2]塵誰浣。紫曲門荒，沿敗井、風搖青蔓。對語東鄰，猶是曾巢，謝堂雙燕[3]。春夢人間須斷，但怪得當年，夢緣能[4]短。繡屋秦箏，傍海棠偏愛，夜深開宴。舞歇歌沉，花未減、紅顏先變。佇久河橋欲去，斜陽淚滿。

【注釋】

1. 漬：染也。

2. 涴：泥著物也。

3. 謝堂雙燕：劉禹錫〈烏衣巷〉詩：「舊時王謝堂前燕，飛入尋常百姓家。」

4. 能：如此也。

八聲甘州 靈巖陪庾幕諸公[1]遊

渺空煙四遠，是何年、青天墜長星。幻蒼崖雲樹，名娃金屋[2]，殘霸宮城。箭徑[3]，酸風射眼，膩水染花腥。時靸[4]雙鴛響，廊葉秋聲。　宮裡吳王沉醉，倩五湖倦客[5]，獨釣醒醒。問蒼波無語，華髮奈山青。水涵空、闌干高處，送亂鴉、斜日落漁汀。連呼酒，上琴臺去，秋與雲平。

【注釋】

1. 庾幕諸公：南宋理宗紹定年間，吳文英入蘇州倉臺幕府。此庾幕諸公，即為當時同僚。

2. 名娃金屋：《越絕書》云：吳人於研石山，置館娃宮，山頂有三池：曰月池，曰研池，曰玩花池，蓋吳時所鑿也。山上舊傳有琴臺，又有響屧廊，或曰鳴屐廊，廊以楩梆藉地，西子行，則有聲，故名。

3. 箭徑：《吳郡志》云：「靈巖山錢有採香徑橫斜如臥箭。」
4. 靸：音同「撒」，指沒有後跟的鞋子。原以皮製，為朝祭之服飾或舞女所著。後亦代以草編。
5. 五湖倦客：指范蠡。

踏莎行

潤玉[1]籠綃，檀櫻[2]倚扇，繡圈[3]猶帶脂香淺。榴心空疊舞裙紅，艾枝[4]應壓愁鬟亂。午夢千山，窗陰一箭，香瘢新褪紅絲腕[5]。隔江人在雨聲中，晚風菰葉[6]生秋怨。

【注釋】

1. 潤玉：指玉肌。
2. 檀櫻：指檀口。
3. 繡圈：繡花妝飾。
4. 艾枝：端午以艾為虎形，或剪綵為小虎，黏艾葉以戴。見《荊楚歲時記》。
5. 紅絲腕：端午舊俗，五月五日以五彩絲線繫於手臂，辟鬼及冰。一名長命縷，一名續命縷，衣名辟兵縷。見《風俗通》。
6. 菰葉：蔬類植物，生淺水中，高五六尺。春月生新芽如筍，名茭白。葉細長而尖，秋結實曰菰米，可煮飯。

瑞鶴仙

晴絲牽緒亂，對滄江斜日，花飛人遠。垂楊暗吳苑，正旗亭[1]煙冷，河橋風暖。蘭情蕙盼[2]，惹相思、春根酒畔。又爭[3]知、吟骨縈消，漸把舊衫重翦。

淒斷流紅千浪，缺月孤樓，總難留燕。歌塵凝扇，待憑信，拚分鈿[4]。試挑燈欲寫，還依不忍，箋幅偷和淚捲。寄殘雲賸雨蓬萊[5]，也應夢見。

【注釋】

1. 旗亭：市樓，張衡〈西京賦〉：「旗亭五重。」
2. 蘭情蕙盼：喻人之濃厚情誼，周邦彥〈拜星月〉詞：「水盼蘭情。」
3. 爭：怎。
4. 鈿：金寶等飾器之名，白居易〈長恨歌〉：「釵擘黃金分合鈿。」
5. 蓬萊：仙境，指所思之人的住處。

鷓鴣天 化度寺作[1]

池上紅衣[2]伴倚闌，棲鴉常帶夕陽還。殷雲度雨疏桐落，明月生涼寶扇閒。

鄉夢窄，水天寬，小窗愁黛淡秋山。吳鴻好為傳歸信，楊柳閶門屋數間。

【注釋】

1. 化度寺：《杭州府志》：「化度寺在仁和縣北江漲橋，原名水雲，宋治平二年改。」

2. 紅衣：指蓮花。

夜遊宮

人去西樓雁杳，敘別夢，揚州一覺。雲淡星疏楚山曉，聽啼烏，立河橋，話未了。

雨外蛩聲早，細織就霜絲[1]多少？說與蕭娘[2]未知道，向長安，對秋燈，幾人老？

【注釋】

1. 霜絲：指白髮。

2. 蕭娘：唐人通常泛對女性皆稱呼為蕭娘。楊巨源〈崔娘〉詩：「風流才子多春思，腸斷蕭娘一紙書。」

賀新郎 陪履齋先生[1]滄浪[2]看梅

喬木生雲氣，訪中興、英雄[3]陳跡，暗追前事。戰艦東風[4]慳借便，夢斷神州故里。旋小築、吳宮閒地，華表月明歸夜鶴[5]，歎當時、花竹今如此，枝上露，濺清淚。

遨頭[6]小簇行春隊，步蒼苔、尋幽別墅，問梅開未？重唱梅邊新度曲，催發寒梢凍蕊。此心與東君[7]同意，後不如今今非昔，兩無言相對滄浪水。懷此恨，寄殘醉。

【注釋】

1. 履齋先生：吳潛，字毅夫，號履齋。淳祐中，觀文殿大學士，封慶國公。景定初，安置循州卒。
2. 滄浪：亭名，在蘇州府學東，初為吳越錢元　池館，後廢為寺，寺後又廢。蘇舜欽在蘇州買水石，造滄浪亭於丘上，後為韓世忠別墅。
3. 英雄：指韓世忠。
4. 戰艦東風：指韓世忠黃天蕩之捷。
5. 歸夜鶴：《續搜神記》云：遼東城門有華表柱，有白鶴集其上，言曰：「有鳥有鳥丁令威，去家千歲今來歸；城郭如故人民非，何不學仙塚纍纍！」
6. 遨頭：太守出遊，士女皆於木牀觀之，曰遨牀，太守則曰遨頭，見《成都記》。
7. 東君：原謂春神，此指吳履齋。楊鐵夫以為其時夢窗又為吳客，故以東君稱之。

唐多令

何處合成愁？離人心上秋[1]，縱芭蕉、不雨也颼颼。都道晚涼天氣好，有明月、怕登樓。　年事夢中休，花空煙水流，燕辭歸、客尚淹留。垂柳不縈裙帶[2]住，漫長是、繫行舟。

【注釋】

1. 心上秋：上秋、下心，組和而成一個「愁」字。
2. 裙帶：指燕，指離去的女子。

黃孝邁

字德夫，號雪舟。生卒年不詳。《詞律》稱其所作「風度婉秀，真佳詞也」。

湘春夜月

近清明，翠禽枝上消魂。可惜一片清歌，都付與黃昏。欲共柳花低訴，怕柳花輕薄，不解傷春。念楚鄉旅宿，柔情別緒，誰與溫存？　空尊夜泣，青山不語，殘月當門。翠玉樓[1]前，惟是有、一陂湘水，搖蕩湘雲。天長夢短，問甚時、重見桃根[2]？者次第[3]、算人間沒箇并刀[4]，翦斷心上愁痕。

【注釋】

1. 翠玉樓：指美麗的樓房、居處。
2. 桃根：桃葉乃晉朝王獻之妾，獻之嘗臨渡作歌贈之，桃葉作〈團扇歌〉以答。其妹名桃根。
3. 者次第：者，同這。這許多情況。
4. 并刀：山西并州所出產的剪刀，以鋒利著稱。杜甫〈戲題畫山水圖歌〉詩：「焉得并州快剪刀，剪取吳松半江水。」

潘希白

字懷古，號漁莊，永嘉人。寶祐進士，幹辦臨安府節制司公事，德祐中，以史館詔，不赴。

大有 九日

戲馬臺[1]前，採花籬下，問歲華、還是重九。恰歸來、南山翠色依舊。簾櫳昨夜聽風雨，都不似登臨時候。一片宋玉[2]情懷，十分衛郎[3]清瘦。紅萸佩[4]，空對酒。砧杵動微寒，暗欺羅袖。秋已無多，早是敗荷衰柳。強整帽檐[5]攲側，曾向天涯搔首。幾回憶、故國蓴鱸[6]，霜前雁後。

【注釋】

1. 戲馬臺：宋武帝重陽日登戲馬臺，臺在彭城，楚項羽閱兵處。
2. 宋玉：見前柳永〈戚氏〉注。
3. 衛郎：晉人，人聞其名，觀者如堵。先有羸疾，成病而死，年二十七，人以為看殺衛玠。見《世說》。
4. 紅萸佩：植物名，為吳茱萸、食茱萸、山茱萸三種植物的通稱。舊時風俗於農曆九月九日折茱萸插頭，可以辟邪。《續齊諧記》曾言桓景一家曾於九月九日佩茱萸，登高飲菊花酒以避災。杜甫〈九日藍田崔氏莊〉詩：「明年此會知誰健，醉把茱萸仔細看。」
5. 帽檐：古官帽名，視朝及見賓客之服，
6. 蓴鱸：晉朝張翰因見秋風起，乃思吳中菰菜、蓴羹、鱸魚膾，有歸隱故里之思。

黃公紹

字直翁，邵武人。咸淳元年進士，隱居樵溪。有《在軒詞》，見《彊村叢書》刊本。

青玉案[1]

年年社日[2]停針線[3]，怎忍見、雙飛燕？今日江城春已半，一身猶在，亂山深處，寂寞溪橋畔。　春衫著破誰針線？點點行行淚痕滿。落日解鞍芳草岸，花無人戴，酒無人勸，醉也無人管。

【注釋】

1. 青玉案：一說此詞非黃公紹所作，因《在軒詞》中並無收錄。《全宋詞》等書中均作無名氏詞。然《歷代詩餘》、《詞林萬選》等書中則歸入黃詞。
2. 社日：祭祀社神的日子。立春後第五戊日為春社，立秋後第五戊日為秋社。
3. 停針線：《墨莊漫錄》云：「唐、宋婦人舍日不用針線，謂之忌作。」張藉詩：「金朝社日停針線。」

朱嗣發

字士榮，號雪崖。其先當炎、紹之際，避兵烏程常樂鄉，地曰東朱，適與姓同，遂占籍焉。顓志奉親，宋亡，舉充提學學官，不肯受。

摸魚兒

對西風、鬢搖煙碧，參差前事流水。紫絲羅帶鴛鴦結，的的鏡盟釵誓。渾不記，漫手織回文[1]，幾度欲心碎。安花著葉，奈雨覆雲翻，情寬分[2]窄，石上玉簪脆。

朱樓外，愁壓空雲欲墜，月痕猶照無寐。陰晴也只隨天意，枉了玉消香碎。君且醉，君不見長門[3]青草春風淚。一時左計，悔不早荊釵，暮天修竹[4]，頭白倚寒翠。

【注釋】

1. 回文：詩中字句，回環讀之，無不成文。
2. 分：猶豫也。
3. 長門：漢武帝時，陳皇后失寵所居的宮殿。後比喻失寵后妃居住的地方。
4. 暮天修竹：杜甫〈佳人〉詩：「天寒翠袖薄，日暮倚修竹。」

劉辰翁

字會孟，廬陵人。少登陸象山之門，補太學生，景定壬戌，廷試對策，忤賈似道，置丙第。以親老請濂溪書院山長，薦居史館，又除太學博士，皆固辭。宋亡，隱居卒。有《須溪詞》一卷，補遺一卷，見《彊村叢書》刊本。

蘭陵王 丙子1送春

送春去，春去人間無路。鞦韆外、芳草連天，誰遣風沙暗南浦。依依甚意緒？漫憶海門飛絮。亂鴉過、斗轉城荒，不見來時試燈2處。　春去誰最苦？但箭雁沉邊，梁燕無主，杜鵑聲裡長門暮。想玉樹凋土，淚盤如露3。咸陽送客屢回顧，斜日未能度。　春去尚來否？正江令4恨別，庾信5愁賦，蘇堤盡日風和雨。歎神遊故國，花記前度。人生流落，顧孺子，共夜語。

【注釋】

1. 丙子：宋德祐二年（一二六七年），此年元兵攻破南宋都城。
2. 試燈：舊俗正月十五元宵節張燈祈求豐年，前一日準備及預演元宵節目，稱為「試燈」。
3. 淚盤如露：《三輔故事》云：「漢武帝以銅作承露盤，高二十丈，大十圍，上有仙人掌承露，和玉

屑飲之以求仙。」李賀〈詩序〉云：「魏明帝青龍元年八月，詔宮官牽車西去，取漢孝武捧露盤仙人，欲立置前殿，宮官既折盤，仙人臨載，乃潸然淚下。」

4. 江令：江淹，人名，南朝梁河南考城人，擅長詩文，風格幽深奇麗，與鮑照較為相近。著有《前後集》及《齊史十志》。《南史》有云：「江淹少時，宿於江亭，夢人授五色筆，因而有文章。後夢郭樸取其筆，自以為詩無美句，人稱才盡。」

5. 庾信：字子山，小字蘭成，南朝梁新野人。梁元帝即位，任為右衛將軍，後元帝使出使西魏，值西魏滅梁，信留長安，並任官，在北朝達二十七年。此處形容庾信流落北方，作賦多篇，表達對故國之思。

寶鼎現[1]

紅妝春騎，踏月影竿旗穿市。望不盡、樓臺歌舞，習習香塵蓮步底。簫聲斷、約彩鸞[2]歸去，未怕金吾[3]呵醉。甚輦路、喧闐且止，聽得念奴[4]歌起。　父老猶記宣和[5]事，抱銅仙、清淚如水。還轉盼、沙河[6]多麗。滉漾明光連邸第，簾影凍、散紅光成綺。月浸葡萄十里，看往來、神仙才子，肯把菱花撲碎。　腸斷竹馬兒童，空見說、三千樂指。等多時春不歸來，到春時欲睡。又說向燈前擁髻，暗滴鮫珠[7]墜。便當日親見〈霓裳〉[8]，天上人間夢裡。

【注釋】

1. 寶鼎現：詞牌名。《詞譜》：「調見《順庵樂府》。李彌遜詞名《三段子》；陳合詞名《寶鼎兒》。」
2. 彩鸞：太和末，書生文蕭遇仙女彩鸞，吟詩曰：「若能相伴陟仙壇，應得文蕭駕彩鸞。自有繡襦並甲帳，瓊臺不怕雪霜寒。」後遂登仙而去。見《唐人傳奇集》。
3. 金吾：漢宮有執金吾，顏師古注：「金吾，鳥名也，主辟不祥。天子出行，職先主導，以禦非常，故執此鳥之象，因以名官。」
4. 念奴：唐天寶時名歌女。
5. 宣和：宋徽宗年號。
6. 沙河：錢塘南五里有沙河塘，宋時居民甚盛，碧瓦紅簷，歌管不絕。
7. 鮫珠：《述異記》：「南海中有鮫人室，水居如魚，人廢機織。其眼能泣則成珠。」
8. 霓裳：樂曲名，《樂苑》：「〈霓裳羽衣曲〉，開元中，西涼府節度使揚敬述進。」

永遇樂 余自乙亥[1]上元，誦李易安〈永遇樂〉，為之涕下。今三年矣，每聞此詞，輒不自堪。遂依其聲，又託之易安自喻。雖辭情不及，而悲苦過之。

璧月初晴，黛雲遠淡，春事誰主？禁苑嬌寒，湖堤倦暖，前度遽如許。香塵暗陌，華燈明晝，長是懶攜手去。誰知道斷煙禁夜，滿城似愁風雨。　宣和舊日，臨安[2]南渡，芳景猶自如故。緗帙[3]離離，風鬟三五，能賦詞最苦。江南

無路，鄜州[4]今夜，此苦又誰知否？空相對殘釭[5]無寐，滿邨社鼓。

【注釋】

1. 乙亥：宋德祐元年（西元一二七五年）。
2. 臨安：今杭州。
3. 緗帙：淺黃色之書一，因謂書卷曰緗帙。
4. 鄜州：鄜，因同「夫」。在今陝西省中部縣南。杜甫〈月夜〉詩：「今夜鄜州月，閨中只獨看。」
5. 殘釭：釭，音同「剛」。殘燈。

摸魚兒 酒邊留同年徐雲屋

怎知他、春歸何處？相逢且盡尊酒。少年嫋嫋[1]天涯恨，長結西湖煙柳。休回首，但細雨斷橋，憔悴人歸後。東風似舊，向前度桃花，劉郎[2]能記，花復認郎否？　君且住，草草留君翦韭，前宵正恁時候。深杯欲共歌聲滑，翻溼春衫半袖。空眉皺，看白髮尊前，已似人人有。臨分把手，歎一笑論文，清狂顧曲，此會幾時又？

【注釋】

1. 少年嫋嫋：指年少的美人。杜牧〈贈別〉詩：「娉娉嫋嫋十三餘，豆蔻梢頭二月初。」

2. 劉郎：劉禹錫〈再遊玄都觀〉詩：「種桃道士歸何處？前度劉郎今又來。」

周密

字公謹，號草窗，濟南人。流寓吳興，居弁山，自號弁陽嘯翁，又號蕭齋，又號四水潛夫。淳祐中為義烏令。有《草窗詞》二卷，《補遺》二卷，見《知不足齋叢書》本，又有曼陀羅華閣刊本，又《蘋州漁笛譜》二卷，《集外詞》一卷，見《彊村叢書》本，又嘗選南宋詞，題曰：《絕妙好詞》。

高陽臺 送陳君衡[1]被召

照野旌旗，朝天車馬，平沙萬里天低。寶帶金章，尊前茸帽[2]風欺。秦關汴水經行地，想登臨都付新詩。縱英遊、疊鼓清笳，駿馬名姬。　酒酣應對燕山雪，正冰河月凍，曉隴雲飛。投老殘年，江南誰念方回[3]？東風漸綠西湖岸，雁已還人未南歸。最關情、折盡梅花，難寄相思。

【注釋】

1. 陳君衡：名允平，號西麓，四明人。有詞名〈日湖漁唱〉。

2. 茸帽：皮帽。

3. 方回：賀鑄之字。黃庭堅詩：「解道江南腸斷句，世間惟有賀方回。」以方回自比。

瑤華 后土之花，天下無二本，方基初開，帥臣以金瓶飛騎，進之天上，間亦分致貴邸。余客輦下，有以一枝（下缺，按他本題，改作瓊花）。

朱鈿寶玦，天上飛瓊，比人間春別。江南江北，曾未見、漫擬梨雲梅雪。淮山春晚，問誰識、芳心高潔？消幾番、花落花開，老了玉關豪傑。　金壺翦送瓊枝，看一騎紅塵[1]，香度瑤闕。韶華正好，應自喜、初亂長安蜂蝶。杜郎老矣，想舊事花須能說。記少年一夢揚州，二十四橋[2]明月。

【注釋】

1. 一騎紅塵：杜牧〈過華清宮〉詩：「一騎紅塵妃子笑，無人知是荔枝來。」

2. 二十四橋：杜牧〈寄揚州韓綽判官〉詩：「二十四橋明月夜，玉人何處教吹簫。」

玉京秋

長安獨客，又見西風，素月、丹楓，淒然其為秋也，因調夾鍾羽一解。

煙水闊，高林弄殘照，晚蜩[1]淒切。碧砧度韻，銀牀[2]飄葉。衣溼桐陰露冷，採涼花時賦秋雪[3]。歎輕別，一襟幽事，砌蟲能說。　客思吟商還怯，怨歌長、瓊壺暗缺[4]。翠扇恩疏[5]，紅衣香褪，翻成消歇。玉骨西風，恨最恨、閒卻新涼時節。楚簫咽，誰寄西樓淡月。

【注釋】

1. 蜩：音同「條」，蟬也。
2. 銀牀：井闌如銀，因稱銀牀。
3. 秋雪：指蘆花。
4. 瓊壺暗缺：瓊壺
5. 翠扇恩疏：班婕妤〈怨歌行〉有「裁成合歡扇，團團似明月。」

曲遊春

禁煙湖上薄遊，施中山1賦詞甚佳，余因次其韻。蓋平時遊舫，至午後則盡入裡湖，抵暮始出斷橋，小駐而歸，非習於遊者不知也。故中山亟擊節余「閒卻半湖春色」之句，謂能道人之所未云。

禁苑[2]東風外，颺暖絲晴絮，春思如織。燕約鶯期，惱芳情偏在，翠深紅隙。

漠漠香塵隔，沸十里、亂絲叢笛。看畫船、盡入西泠[3]，閒卻半湖春色。柳陌，新煙凝碧，映簾底宮眉[4]，堤上遊勒[5]。輕暝籠寒，怕梨雲夢冷，杏香愁冪。歌管酬寒食，奈蝶怨良宵岑寂。正滿湖碎月搖花，怎生去得？

【注釋】

1. 施中山：名岳，字仲山，吳人，能詞，精於音律，與周密互相唱和。
2. 禁苑：皇宮園林。南宋都杭，西湖一帶因稱禁苑。
3. 西泠：橋名，在西湖。
4. 簾底宮眉：樓中麗人。
5. 堤上遊勒：指堤上騎馬的遊人。

花犯 水仙花

楚江湄，湘娥[1]再見，無言灑清淚，淡然春意。空獨倚東風，芳思誰寄？淩波路冷秋無際。香雲隨步起，漫記得、漢宮仙掌[2]，亭亭明月底。　冰絲寫怨更多情，騷人恨，枉賦芳蘭幽芷。春思遠，誰歎賞國香[3]風味？相將共、歲寒伴侶，小窗靜，沉煙熏翠袯。幽夢覺、涓涓清露，一枝燈影裡。

【注釋】

1. 湘娥：即湘妃，喻水仙花。
2. 漢宮仙掌：漢武帝作柏梁、銅柱、承露仙人掌之屬，見《漢書．郊祀志》。注：「仙人以手掌擎盤承甘露也。」
3. 國香：蘭為國香，此謂水仙為國香。

蔣捷

字勝欲，陽羨人。咸淳十年（西元一二七四年）進士，自號竹山，遁跡不仕。有《竹山詞》一卷，見《六十家詞》刊本，又見《彊村叢書》刊本，又《竹山詞》二卷，見涉園景宋元明詞續刊本。

瑞鶴仙 鄉城見月

紺[1]煙迷雁跡，漸碎鼓零鐘，街喧初息。風檠[2]背寒壁，放冰蟾[3]，飛到蛛絲簾隙。瓊瑰[4]暗泣，念鄉關、霜華似織。漫將身化鶴歸來[5]，忘卻舊遊端的[6]。歡極蓬壺蕖[7]浸，花院梨溶，醉連春夕。柯雲罷弈[8]，櫻桃在[9]，夢難覓。勸

清光、乍可[10]幽窗相照，休照紅樓夜笛。怕人間換譜〈伊涼〉[11]，素娥未識。

【注釋】

1. 紺：音同「幹」，天青色。
2. 檠：音同「晴」，燈架。
3. 冰蟾：形容月光。
4. 瓊瑰：瓊玉瑰珠也，《左傳》云：「聲伯夢涉洹，或與以瓊瑰食之，泣而為瓊瑰，盈其懷。」
5. 化鶴歸來：《續搜神記》云：遼東城門有華表柱，有白鶴集其上，言曰：「有鳥有鳥丁令威，去家千歲今來歸；城郭如故人民非，何不學仙塚纍纍！」
6. 端的：確實情況。
7. 蕖：芙蕖，荷花也。
8. 柯雲罷弈：晉王質入山採樵，遇二童對弈，一童以一物如棗核與質食之，不饑。局終，童云：「汝柯爛矣。」質歸家已及百歲。見《述異記》
9. 櫻桃在：有人夢臨女遺二櫻桃，食之，既覺，核墜枕側。見段成式《酉陽雜俎》。
10. 乍可：寧可。
11. 伊涼：指〈伊州〉與〈涼州〉，曲名。

賀新郎

夢冷黃金屋，歎秦箏斜鴻陣裡[1]，素絃塵撲。化作嬌鶯飛歸去，猶認紗窗舊綠。正過雨、荊桃如菽。此恨難平君知否？似瓊臺、湧起彈棋局[2]，消瘦影，嫌明燭。　鴛樓碎瀉東西玉[3]，問芳蹤、何時再展？翠釵難卜。待把宮眉橫雲樣，描上生綃畫幅。怕不是新來妝束。綵扇紅牙今都在，恨無人、解聽開元曲[4]。空掩袖，倚寒竹[5]。

【注釋】

1. 斜鴻陣裡：雁柱斜列如雁，故云斜鴻陣裡。
2. 彈棋：古時博戲，《述異記》謂漢武帝時已有之。此言世事變幻如棋局。
3. 東西玉：《詞統》云：「山谷詩：『佳人斗南北，美酒玉東西。』注：酒器也。」
4. 開元：唐玄宗年號。開元曲，盛唐歌曲。
5. 倚寒竹：杜甫〈佳人〉詩：「天寒翠袖薄，日暮倚修竹。」

女冠子　元夕

蕙花香也，雪晴池館如畫。春風飛到，寶釵樓上，一片笙簫，琉璃[1]光射。而

今燈漫掛，不是暗塵明月，那時元夜。況年來、心懶意怯，羞與蛾兒[2]爭耍。

江城人悄初更打。問繁華誰解，再向天公借？剔殘紅灺[3]，但夢裡隱隱，鈿車羅帕。吳箋銀粉砑[4]，待把舊家風景，寫成閒話。笑綠鬟鄰女，倚窗猶唱，夕陽西下。

【注釋】

1. 琉璃：用扁青石，即鋁與鈉之矽酸化合物為藥料燒煉之物，以前宮殿之流璃瓦用之。《武林舊事》：「又有幽坊靜巷多設五色琉璃泡燈，更自雅潔。」
2. 蛾兒：婦人所戴綵花。
3. 紅灺：灺，音同「謝」，燈燭燒剩之物。燭燼。
4. 砑：音同「訝」，發光也。

張炎

字叔夏，號玉田，又號樂笑翁。張俊諸孫。本西秦人，家臨安，生於淳祐間，宋亡，落魄縱遊。有《山中白雲詞》八卷，見曹氏刊本，許氏刊本，又有四印齋本，《彊村叢書》本。

高陽臺 西湖春感

接葉巢鶯[1]，平波捲絮，斷橋[2]斜日歸船。能幾番遊？看花又是明年。東風且伴薔薇住，到薔薇、春已堪憐。更淒然，萬綠西泠[3]，一抹荒煙。　當年燕子知何處？但苔深韋曲[4]，草暗斜川[5]。見說新愁，如今也到鷗邊。無心再續笙歌夢，掩重門、淺醉閒眠。莫開簾，怕見飛花，怕聽啼鵑。

【注釋】

1. 接葉巢鶯：杜甫〈陪鄭廣文遊何將軍山林〉詩：「接葉暗巢鶯。」
2. 斷橋：「斷橋殘雪」是杭州西湖十景之一，斷橋在孤山側。
3. 西泠：西湖橋名。
4. 韋曲：在長安南皇子陂西，唐代諸韋世居此地，因名韋曲。
5. 斜川：斜川在江西星子、都昌二縣間，陶潛有〈遊斜川〉詩。

渡江雲 久客山陰，王菊存問予近作，書以寄之。

山空天入海，倚樓望極，風急暮潮初。一簾鳩外雨，幾處閒田，隔水動春鋤。新煙禁柳，想如今、綠到西湖。猶記得、當年深隱，門掩兩三株。　愁余，荒洲古溆[1]，斷梗疏萍，更漂流何處？空自覺圍羞帶減，影怯煙孤。長疑即見桃花面[2]，甚近來翻致無書。書縱遠，如何夢也都無。

【注釋】

1. 溆：音同「敘」，水浦。
2. 桃花面：唐崔護詩：「人面桃花相映紅。」

八聲甘州

辛卯歲，沈堯道同余北歸，各處杭、越。踰歲，堯道來問寂寞，語笑數日。又復別去，賦此曲，並寄趙學舟。

記玉關、踏雪事清遊，寒氣脆貂裘。傍枯林古道，長河飲馬，此意悠悠。短夢依然江表，老淚灑西州[1]。一字無題處，落葉都愁。　載取白雲歸去，問誰留楚佩，弄影中洲？折蘆花贈遠，零落一身秋。向尋常、野橋流水，待招來、不是舊沙鷗。空懷感，有斜陽處，卻怕登樓。

【注釋】

1. 西州：古城名，在今南京市西。晉謝安還都，輿病入西州門。安薨後，所知羊曇行不由西州路。嘗大醉，不覺至西州門，因慟哭而去。見《晉書》。

解連環 孤雁

楚江空晚，悵離群萬里，恍然[1]驚散。自顧影、欲下寒塘，正沙淨草枯，水準天遠。寫不成書，只寄得相思一點[2]。料因循誤了，殘氈擁雪[3]，故人心眼。

誰憐旅愁荏苒[4]，漫長門夜悄[5]，錦箏彈怨。想伴侶、猶宿蘆花，也曾念春前，去程應轉。暮雨相呼，怕驀地、玉關重見。未羞他、雙燕歸來，畫簾半捲。

【注釋】

1. 恍然：悵然。
2. 相思一點：《至正直記》云：「張叔夏〈孤雁〉詞，有『寫不成書，只寄得相思一點』。人皆稱之曰『張孤雁』。」
3. 殘氈擁雪：用蘇武雁足繫書事。
4. 荏苒：謂旅愁如日月之漸增。
5. 長門夜悄：長門，漢武帝時，陳皇后失寵所居的宮殿。後比喻失寵后妃居住的地方。

疏影 詠荷葉[1]

碧圓自潔，向淺洲遠浦，亭亭清絕。猶有遺簪，不展秋心，能捲幾多炎熱？鴛鴦密語同傾蓋[2]，且莫與、浣紗人[3]說。恐怨歌忽斷花風，碎卻翠雲千疊。

回首當年漢舞，怕飛去漫皺，留仙裙摺[4]。戀戀青衫，猶染枯香，還歎鬢絲飄雪。盤心清露如鉛水，又一夜西風吹折。喜淨看、匹練飛光，倒瀉半湖明月。

【注釋】

1. 詠荷葉：張炎《山中白雲》卷六有〈紅情〉、〈綠意〉兩詞，序云：「『疏影』、『暗香』姜白石為梅著語，因易之曰『紅情』、『綠意』，以荷花荷葉詠之。」
2. 傾蓋：駐車交蓋。孔子與程子相遇於途，傾蓋而語。見《孔叢子》。
3. 浣紗人：鄭谷〈蓮葉〉詩：「多謝浣溪人未折，雨中留得蓋鴛鴦。」
4. 留仙裙摺：《趙后外傳》：「后歌〈歸風送遠〉之曲，帝以文犀箸擊玉甌。酒酣風起，后揚袖曰：『仙乎仙乎，去故而就新。』帝令左右持其裙，久之，風止，裙為之皺。后曰：『帝恩我，使我仙去不得。』他日宮姝或襞裙為皺，號留仙裙。」

月下笛

孤遊萬竹山[1]中，閒門落葉，愁思黯然，因動黍離之感。時寓甬東積翠山舍。

萬里孤雲，清遊漸遠，故人何處？寒窗夢裡，猶記經行舊時路。連昌[2]約略無多柳，第一是難聽夜雨。漫驚回淒悄，相看燭影，擁衾無語。　張緒[3]歸何暮？半零落依依，斷橋鷗鷺。天涯倦旅，此時心事良苦。只愁重灑西州淚[4]，問杜曲[5]人家在否？恐翠袖天寒，猶倚梅花那樹。

【注釋】

1. 萬竹山：《赤城志》云：「萬竹山在縣西南四十五里，絕頂曰新羅，九峯回環，道極險隘。嶺叢薄敷秀，平曠幽窈，自成一村。薛左丞昂詩所謂：『萬竹園中數百家，重重流水繞桑麻。』是也。」
2. 連昌：唐宮名，高宗所置，在河南宜陽縣西，多植柳，元稹有〈連昌宮詞〉。
3. 張緒：南齊吳郡人，字思曼，官至國子祭酒。風姿清雅，武帝置蜀柳於靈和殿前，嘗曰：「此柳風流可愛，似張序當年。」
4. 西州淚：古城名，在今南京市西。晉謝安還都，輿病入西州門。安薨後，所知羊曇行不由西州路。嘗大醉，不覺至西州門，因慟哭而去。見《晉書》。
5. 杜曲：唐時杜氏世居於此，故名。《雍錄》：「樊川韋曲東十里，有南杜、北杜，杜固謂之南杜，杜曲謂之北杜。」地在長安縣南。

王沂孫

沂孫，字聖與，號碧山，又號中仙，又號玉笥山人，會稽人。至元中為慶元路學正，有《碧山樂府》，又名《花外集》，有《知不足齋叢書》本，又有四印齋刊本。

天香　龍涎香

孤嶠[1]蟠煙，層濤蛻月，驪宮[2]夜採鉛水。汛[3]遠槎風[4]，夢深薇露，化作斷魂心字[5]。紅磁候火[6]，還乍識、冰環玉指[7]。一縷縈簾翠影，依稀海天雲氣。

幾回殢嬌半醉，翦春燈、夜寒花碎。更好故溪飛雪，小窗深閉。荀令[8]如今頓老，總忘卻、尊前舊風味。漫惜餘薰，空篝素被[9]。

【注釋】

1. 嶠：山銳而高。
2. 驪宮：驪龍所居之處。
3. 汛：水盛。
4. 槎：水中浮木。
5. 心字：香名。番禺人作心字香，見范成大《驂鸞錄》。

6. 候火：及時之火。

7. 冰環玉指：香餅形狀如環如指。

8. 荀令：荀彧，字文若，為漢侍中，守尚書令，曹公與籌軍國大事，稱之為荀令君。習鑿齒《襄陽記》：「荀令君至人家，坐幙三日，香氣不歇。」

9. 空篝素被：篝，即熏籠。空篝素被，比喻熏籠無香，雪如被。

眉嫵 新月

漸新痕懸柳，淡彩穿花，依約破初暝。便有團圓意，深深拜[1]，相逢誰在香徑？畫眉未穩，料素娥、猶帶離恨。最堪愛、一曲銀鉤[2]小，寶奩掛秋冷。

千古盈虧休問，歎慢磨玉斧[3]，難補金鏡。太液池[4]猶在，淒涼處、何人重賦清景？故山夜永，試待他窺戶端正。看雲外山河，還老桂花舊影。

【注釋】

1. 深深拜：李端〈新月〉詩：「開簾見新月，即便下階拜。細語人不聞，北風吹裙帶。」

2. 銀鉤：喻新月。

3. 玉斧：相傳漢吳剛曾以斧伐月中桂，見《酉陽雜俎》。

4. 太液池：盧多遜〈新月〉詩：「太液池邊看月時。」

齊天樂 蟬

一襟餘恨宮魂斷[1]，年年翠陰庭樹。乍咽涼柯，還移暗葉，重把離愁深訴。西窗過雨。怪瑤佩流空，玉箏調柱。鏡暗妝殘，為誰嬌鬢尚如許？　銅仙鉛淚似洗，歎移盤去遠，難貯零露。病翼驚秋，枯形閱世，消得斜陽幾度？餘音更苦，甚獨抱清商[2]，頓成淒楚。漫想薰風，柳絲千萬縷。

【注釋】

1. 宮魂斷：齊王后怨王而死，屍變為蟬。見《古今注》

2. 清商：即清商曲，古樂府之一種。本漢魏以來中原舊調，因晉室播遷，流於江左。後魏南征，收採其聲及江南吳歌西曲等，總稱為清商樂。亦稱為清商、清樂。曹丕〈燕歌行〉：「援琴鳴絃發清商，短歌微吟不能長。」

長亭怨慢 重過中庵[1]故園

泛孤艇東皋過遍，尚記當日，綠陰門掩。屐齒[2]莓苔，酒痕羅袖事何限？欲尋前跡，空惆悵成秋苑。自約賞花人，別後總、風流雲散。　水遠，怎知流水外，卻是亂山尤遠。天涯夢短，想忘了綺疏雕檻。望不盡冉冉斜陽，撫喬木年華將晚。但數點紅英，猶識西園淒婉。

【注釋】

1. 中庵：元劉敏中號中庵，有《中庵樂府》。
2. 屐齒：木履施兩齒，可以踐泥。

高陽臺 和周草窗寄越中諸友韻

殘雪庭陰，輕寒簾影，霏霏玉管春葭[1]。小帖金泥[2]，不知春是誰家？相思一夜窗前夢，奈箇人、水隔天遮。但淒然、滿樹幽香，滿地橫斜。　江南自是離愁苦，況遊驄古道，歸雁平沙。怎得銀箋，殷勤說與年華。如今處處生芳草，縱憑高不見天涯。更消他，幾度東風，幾度飛花。

【注釋】

1. 春葭：古人燒葦成灰，置於黃鐘至應鐘之十二律管中，放入密室之內，以占氣候。某一節候至，相應的律管中的葭灰就會飛出。見於《後漢書．律曆志》。

2. 小帖金泥：唐進士及第，以泥金書帖附家中，報登科之喜。見《盧氏雜記》。

法曲獻仙音 聚景亭梅次草窗韻

層綠[1]峨峨，纖瓊[2]皎皎，倒壓波痕清淺。過眼年華，動人幽意，相逢幾番春換。記喚酒尋芳處，盈盈褪妝晚。　已消黯，況淒涼近來離思，應忘卻明月，夜深歸輦。荏苒一枝春，恨東風人似天遠。縱有殘花，灑征衣、鉛淚都滿。但殷勤折取，自遣一襟幽怨。

【注釋】

1. 層綠：指綠梅。
2. 纖瓊：細玉，指白梅。

彭元遜

字巽吾，廬陵人。生卒年不詳。宋亡之後，終身不仕。

疏影 尋梅不見

江空不渡，恨蘼蕪杜若[1]，零落無數。遠道荒寒，婉娩流年，望望美人遲暮。風煙雨雪陰晴晚，更何須春風千樹。儘孤城、落木蕭蕭，日夜江聲流去。

日晏山深聞笛，恐他年流落，與子同賦。事闊心違，交淡媒勞[2]，蔓草[3]沾衣多露。汀洲窈窕餘醒寐，遺佩環、浮沉澧浦[4]。有白鷗、淡月微波，寄語逍遙容與[5]。

【注釋】

1. 蘼蕪、杜若：蘼蕪，植物名。多年生草本。莖高尺許，葉為二至三回羽狀複葉，似芹葉而分裂更細，風乾後可以做香料。花白色。古人相信蘼蕪可使婦人多子。杜若，多年生草本，根狀莖長而橫走；莖直立，被有柔毛；葉子無柄，長橢圓形葉片，葉鞘無毛；夏季開白色花。此二者皆為香草名。見《楚辭》。
2. 媒勞：見《楚辭·九歌》：「心不同兮媒勞，恩不甚兮輕絕。」
3. 蔓草：見《詩經·鄭風》：「野有蔓草，零露溥兮。」
4. 澧：澧、醴，古書通用。《楚辭·九歌》：「余佩兮醴浦。」
5. 逍遙容與：逍遙而遊，容與而戲，《楚辭·九歌》：「聊逍遙兮容與。」

六醜 楊花

似東風老大，那復有當時風氣。有情不收，江山身是寄，浩蕩何世？但憶臨官道，暫來不住，便出門千里。癡心指望回風墜，扇底相逢，釵頭微綴。他家萬條千縷，解遮亭障驛，不隔江水。　瓜洲曾艤，等行人歲歲，日下長秋，城烏夜起。帳廬好在春睡，共飛歸湖上，草青無地。愔愔雨、春心如膩，欲待化、豐樂樓前帳飲，青門[1]都廢。何人念、流落無幾，點點摶作雪綿鬆潤，為君裛[2]淚。

【注釋】

1. 青門：古長安城門名。門外出佳瓜，廣陵人邵平為秦東陵侯，秦破為布衣，種瓜青門外。見《三輔黃塗》。王績詩：「失路青門引，藏名白社遊。」
2. 裛：浥也，濡也，沾溼陶潛詩：「裛露掇其英。」

姚雲文

字聖瑞，高安人。宋咸淳進士，入元授承直郎，撫、建兩路儒學提舉。有《江村遺稿》。

紫萸香慢

近重陽、偏多風雨，絕憐此日暄明。問秋香濃未，待攜客、出西城。正自羈懷多感，怕荒臺[1]高處，更不勝情。向尊前又憶、漉酒[2]插花人，只座上已無老兵[3]。

淒清，淺醉還醒，愁不肯、與詩平。記長楸走馬，雕弓搾[4]柳，前事休評。紫萸[5]一枝傳賜，夢誰到、漢家陵。儘烏紗[6]便隨風去，要天知道，華髮如此星星，歌罷涕零。

【注釋】

1. 荒臺：宋武帝重陽日登戲馬臺，臺在彭城，楚項羽閱兵處。
2. 漉酒：陶淵明嘗取頭上葛巾漉酒，見蕭統《陶淵明傳》。
3. 老兵：晉謝奕嘗逼桓溫飲，溫走避之。奕遂引溫一兵帥共引曰：「失一老兵，得一老兵。」見《晉書》。
4. 搾：射擊。雕弓搾柳即百步穿楊意。
5. 紫萸：植物名，為吳茱萸、食茱萸、山茱萸三種植物的通稱。舊時風俗於農曆九月九日折茱萸插頭，可以辟邪。《續齊諧記》曾言桓景一家曾於九月九日佩茱萸，登高飲菊花酒以避災。杜甫〈九日藍田崔氏莊〉詩：「明年此會知誰健，醉把茱萸仔細看。」
6. 烏紗：帽也，古官帽名，視朝及見賓客之服，見《唐書．車服志》。

僧揮

俗姓張，安州人，進士出身。因事出家，法號仲殊，字師利。長住蘇州承天寺，杭州吳山寶月寺，東坡所稱蜜殊者是也。

金明池

天闊雲高，溪橫水遠，晚日寒生輕暈。閒階靜、楊花漸少，朱門掩、鶯聲猶嫩。悔匆匆、過卻清明，旋占得、餘芳已成幽恨。卻幾日陰沉，連宵慵困，起來韶華都盡。

怨入雙眉閒鬥損，乍品得情懷，看承[1]全近[2]。深深態、無非自許，厭厭意、終羞人問。爭知道、夢裡蓬萊，待忘了餘香，時傳音信。縱留得鶯花，東風不住，也則[3]眼前愁悶。

【注釋】

1. 看承：特別看待意。
2. 全近：極其親近。
3. 也則：依然意。

李清照

字易安，號漱玉，濟南人，李格非之女、趙明誠妻。才氣縱橫，工詩詞，作品風格清新婉麗。嫁諸城太學生趙明誠為妻，夫婦共同收集賞玩金石書畫。南渡後明誠病死，其作品多悲嘆身世，詞風遂轉為哀怨淒苦。《碧雞漫志》：「易安居士作長短句，能曲折盡人意，輕巧尖新，姿態百出。」《填詞雜說》：「男中李後主，女中李易安，極是當行本色。」《雨村詞話》：「易安在宋諸媛中，自卓然一家，不在秦七、黃九之下。詞無一首不工，其煉處可奪夢窗之席，其麗處直參片玉之班，蓋不徒俯視巾幗，直欲壓倒鬚眉。」《菌閣瑣談》：「易安跌宕昭彰，氣度極類少游，刻摯且兼山谷，篇章惜少，不過窺豹一斑，閨房之秀，固文士之豪也。才鋒太露，被謗殆亦因此。自明以來，墮情者醉其芬馨，飛想者賞其神駿，易安有靈，後者當許為知己。漁洋稱易安、幼安為濟南二安，難乎為繼，易安為婉約主，幼安為豪放主，此論非明代諸公所及。」有《漱玉集》一卷，見《汲古閣詩詞雜俎》刊本，又有《四印齋所刻詞》刊本，李文輯本，趙萬里輯本。

鳳凰臺上憶吹簫

香冷金猊[1]，被翻紅浪[2]，起來慵自梳頭。任寶奩[3]塵滿，日上簾鉤。生怕離懷別苦，多少事、欲說還休。新來瘦，非幹病酒，不是悲秋。

休休，者回去也，千萬遍〈陽關〉[4]，也則難留。念武陵人遠[5]，煙鎖秦樓。惟有樓前流水，應念我、終日凝眸。凝眸處，從今又添，一段新愁。

【注釋】

1. 金猊：獅形之銅香爐。
2. 紅浪：錦被上繡文。
3. 寶奩：美麗之鏡匣。
4. 陽關：原為王維七絕，後歌入樂府，以為送別之曲。
5. 武陵人遠：用陶潛〈桃花源記〉武陵人到桃花源事，意指所思之人遠去。

醉花陰

薄霧濃雲愁永晝，瑞腦[1]消金獸[2]。佳節又重陽，玉枕紗廚[3]，半夜涼初透。

東籬把酒黃昏後，有暗香[4]盈袖。莫道不消魂？簾捲西風，人比黃花瘦。

1. 瑞腦：一種香料，即龍腦，舊稱冰片，香氣甚濃。
2. 金獸：即獸形之銅香爐。
3. 紗廚：方型頂的紗帳，即碧紗廚。
4. 暗香：幽香。林逋詩：「暗香浮動月黃昏。」指梅花，此用陶潛〈飲酒〉詩「採菊東籬下」，指菊花。

聲聲慢

尋尋覓覓，冷冷清清，淒淒慘慘戚戚。乍暖還寒時候，最難將息[1]。三杯兩盞淡酒，怎敵他、晚來風急。雁過也，最傷心，卻是舊時相識。　滿地黃花堆積，憔悴損、如今有誰堪摘。守著窗兒，獨自怎生得黑？梧桐更兼細雨，到黃昏、點點滴滴。者次第[2]，怎一個、愁字了得。

【注釋】

1. 將息：休養。
2. 者次第：這許多情況。

念奴嬌

蕭條庭院，有斜風細雨，重門須閉。寵柳嬌花寒食近，種種惱人天氣。險韻[1]詩成，扶頭酒醒，別是閒滋味。征鴻過盡，萬千心事難寄。　樓上幾日春寒，簾垂四面，玉闌干慵倚。被冷香消新夢覺，不許愁人不起。清露[2]晨流，新桐初引，多少遊春意。日高煙斂，更看今日晴未。

【注釋】

1. 險韻：以生僻字協韻。

2. 清露：《世說新語．賞譽》：「於時清露晨流，新桐初引。」

永遇樂

落日鎔金，暮雲合璧，人在何處？染柳煙濃，吹梅笛怨，春意知幾許？元宵佳節，融和天氣，次第豈無風雨。來相召、香車寶馬，謝他酒朋詩侶。　中州[1]盛日，閨門多暇，記得偏重三五[2]。鋪翠冠兒，撚金雪柳[3]，簇帶爭濟楚[4]。如今憔悴，風鬟霧鬢，怕見夜間出去。不如向簾兒底下，聽人笑語。

【注釋】

1. 中州：通常河南省曰中州，以其處九州之中也。

2. 三五：謂元宵節。

3. 撚金雪柳：剪貼之紙花。

4. 濟楚：整潔貌。

國家圖書館出版品預行編目資料

宋詞三百首／[清]朱祖謀選輯 -- 初版. -- 臺北市 ：商周出版,
城邦文化出版：家庭傳媒城邦分公司發行；108.03
面： 公分.（中文可以更好；48）

ISBN 978-986-477-619-1（精裝）

833.5 108000712

宋詞三百首

選輯／朱祖謀
責任編輯／陳名珉

版權／翁靜如
行銷業務／李衍逸、黃崇華
總編輯／楊如玉
總經理／彭之琬
發行人／何飛鵬
法律顧問／元禾法律事務所 王子文律師
出版／商周出版
城邦文化事業股份有限公司
台北市中山區民生東路二段141號9樓
電話：(02) 25007008 傳眞：(02) 25007759
E-mail：bwp.service@cite.com.tw
Blog：http://bwp25007008.pixnet.net/blog
發行／英屬蓋曼群島商家庭傳媒股份有限公司城邦分公司
台北市中山區民生東路二段141號2樓
書虫客服服務專線：(02) 25007718．(02) 25007719
24小時傳眞服務：(02) 25001990．(02) 25001991
服務時間：週一至週五09:30-12:00．13:30-17:00
劃撥帳號：19863813 戶名：書虫股份有限公司
讀者服務信箱E-mail：service@readingclub.com.tw
歡迎光臨城邦讀書花園 網址：www.cite.com.tw
香港發行所／城邦（香港）出版集團有限公司
香港灣仔駱克道193號東超商業中心1樓
電話：(852) 25086231 傳眞：(852) 25789337
馬新發行所／城邦(馬新)出版集團【Cité (M) Sdn. Bhd. (458372U)】
41, Jalan Radin Anum, Bandar Baru Sri Petaling,
57000 Kuala Lumpur, Malaysia
電話：(603) 90578822 傳眞：(603) 90576622
Email：cite@cite.com.my

封面設計／周家瑤
版型設計／鍾瑩芳
排版／新鑫電腦排版工作室
印刷／韋懋實業有限公司
總經銷／聯合發行股份有限公司
電話：(02) 29178022 傳眞：(02) 29110053
地址：新北市231新店區寶橋路235巷6弄6號2樓

■2019年（民108）3月7日初版
■2022年（民111）10月7日初版1.8刷

Printed in Taiwan

定價 450元

ISBN 978-986-477-619-1

廣　告　回　函
北區郵政管理登記證
台北廣字第000791號
郵資已付，免貼郵票

104台北市民生東路二段141號2樓
英屬蓋曼群島商家庭傳媒股份有限公司　城邦分公司

請沿虛線對摺，謝謝！

書號：BK6048C　**書名：**宋詞三百首　**編碼：**

請於此處用膠水黏貼

讀者回函卡

感謝您購買我們出版的書籍！請費心填寫此回函卡，我們將不定期寄上城邦集團最新的出版訊息。

不定期好禮相贈！
立即加入：商周出版
Facebook 粉絲團

姓名：＿＿＿＿＿＿＿＿ 性別：☐男 ☐女

生日：西元＿＿＿＿年＿＿＿＿月＿＿＿＿日

地址：＿＿＿＿＿＿＿＿

聯絡電話：＿＿＿＿＿＿ 傳真：＿＿＿＿＿＿

E-mail ：

學歷：☐ 1. 小學 ☐ 2. 國中 ☐ 3. 高中 ☐ 4. 大學 ☐ 5. 研究所以上

職業：☐ 1. 學生 ☐ 2. 軍公教 ☐ 3. 服務 ☐ 4. 金融 ☐ 5. 製造 ☐ 6. 資訊
☐ 7. 傳播 ☐ 8. 自由業 ☐ 9. 農漁牧 ☐ 10. 家管 ☐ 11. 退休
☐ 12. 其他＿＿＿＿＿＿

您從何種方式得知本書消息？

☐ 1. 書店 ☐ 2. 網路 ☐ 3. 報紙 ☐ 4. 雜誌 ☐ 5. 廣播 ☐ 6. 電視
☐ 7. 親友推薦 ☐ 8. 其他＿＿＿＿＿＿

您通常以何種方式購書？

☐ 1. 書店 ☐ 2. 網路 ☐ 3. 傳真訂購 ☐ 4. 郵局劃撥 ☐ 5. 其他＿＿＿＿

您喜歡閱讀那些類別的書籍？

☐ 1. 財經商業 ☐ 2. 自然科學 ☐ 3. 歷史 ☐ 4. 法律 ☐ 5. 文學
☐ 6. 休閒旅遊 ☐ 7. 小說 ☐ 8. 人物傳記 ☐ 9. 生活、勵志 ☐ 10. 其他

對我們的建議：＿＿＿＿＿＿＿＿

【為提供訂購、行銷、客戶管理或其他合於營業登記項目或章程所定業務之目的，城邦出版人集團（即英屬蓋曼群島商家庭傳媒（股）公司城邦分公司、城邦文化事業（股）公司），於本集團之營運期間及地區內，將以電郵、傳真、電話、簡訊、郵寄或其他公告方式利用您提供之資料（資料類別：C001、C002、C003、C011 等）。利用對象除本集團外，亦可能包括相關服務的協力機構。如您有依個資法第三條或其他需服務之處，得致電本公司客服中心電話 02-25007718 請求協助。相關資料如為非必要項目，不提供亦不影響您的權益。】

1.C001 辨識個人者：如消費者之姓名、地址、電話、電子郵件等資訊。
2.C002 辨識財務者：如信用卡或轉帳帳戶資訊。
3.C003 政府資料中之辨識者：如身分證字號或護照號碼（外國人）。
4.C011 個人描述：如性別、國籍、出生年月日。

請於此處用膠水黏貼